AQUÍ NO ENCONTRARÁS A WEEPING SALLY

Luis Alejandro Ordóñez

ARS COMMUNIS EDITORIAL

ISBN: 9781735029283

Copyright © 2023 Luis Alejandro Ordóñez
Copyright © 2023 Ars Communis Editorial

Library of Congress Control Number: 202394568

www.arscommunis.com

Diseño: Gustavo Lombardo
Fotografía de portada: "In the Shadow of Agora Sculpture", Anthony Doudt.

A Paula Isabel,
que tus historias sean importantes

LA APARICIÓN

Aunque reservó en el último minuto, la novia se siente maltratada por la fecha en que se llevará a cabo la sesión de fotos. Raphaella le ofrece cancelarla y dejarlo todo para el verano siguiente—qué es un año frente a toda la vida juntos—. Pero la novia está apurada, no hay tiempo que perder y algo le dice a la fotógrafa que en efecto no se puede esperar, el año siguiente las fotos tendrían una adición importante en el cortejo y eso cambiaría todo, en especial la historia que se van a contar sobre el matrimonio. La novia sabe, sin embargo, que el apuro con que organizó la boda la dejó sin opciones y que su mejor oportunidad es cambiar de día. Todas las mañanas, al comienzo de la jornada, Raphaella recibe la llamada de la novia para chequear si hubo alguna cancelación y con ello un hueco en la agenda donde colarse—no, tengo todo el día copado—; la respuesta diaria de Raphaella es recibida con una semifrase de decepción que intenta ser amable, pero que es expresada en la voz universal del cliente insatisfecho.

Al llegar la fecha estipulada, ni tocado, ni velo, ni maquillaje pueden ocultar que la novia está toda amargada y eso hace que Raphaella pierda el tacto—sonríe un poco que no es tu funeral—. No hay sonrisas sino muecas, la tensión no disminuye en ningún momento, el sol no llega a salir, cada minuto que pasa hace más frío y Raphaella sabe que la culpa será suya: Se nota que no sabe iluminar, mira esas caras todas pálidas, mira el agua toda oscura, al menos pudo meterle un poco de Photoshop, para eso una paga.

Es una carrera contra reloj. La madrina es la primera que se da por vencida y ya no se quita el abrigo, el escote de la novia va a hacer que en cualquier momento se le ponga la piel azul, el viento le va a arruinar moño y buqué, el delineador comienza a corrérsele, el sol no volverá a salir y la niebla avanza indetenible como una premonición—no te preocupes, no hay nada malo en que las fotos queden mal, eso no significa que tu matrimonio va a ser un fracaso—. Raphaella busca hacer dos composiciones más antes de que la cámara comience a ver luz por todas partes y el vestido de la novia no haga ningún tipo de contraste con el entorno. Con más desespero que maestría, la fotógrafa cambia a enfoque manual y obliga a la cámara a trabajar en sobrexposición, pero frustrada observa cómo la pared de niebla vuelve el escenario una especie de estudio lúgubre donde nada de lo que se ve parece ser lo que es, sobre todo si lo que se quiere es mostrar la felicidad con que la novia enfrenta esta nueva etapa por comenzar de la vida. Las últimas fotos van a ser un desastre, pero hay que hacerlas, Raphaella dispara lo más rápido posible y le sugiere a la novia que cambien de escenario y se vayan al Centro Cultural para tomar algunas fotos en la escalera y bajo las bóvedas de Tiffany; la novia no quiere, resiente la propuesta como si se tratara de una estafa o de un posible secuestro, Raphaella respira profundo y continúa hasta que la niebla también se la traga a ella.

* * *

Raphaella no quiere ni ver los archivos, ojalá la novia se diera cuenta de que aquello fue un error desde el primer momento y la llame para negociar una nueva sesión, una y otra vez lo dice, lo explica, no se puede ganar la carrera contra el clima de Chicago, pero las novias siempre tienen la razón, quién va a contradecirlas, es la clave de este negocio, no se contradice a las novias ni cuando hablan de sus planes ni mientras se toman las fotos. Y por supuesto, la novia vuelve a llamar todos los días, pero no lo hace arrepentida por la sesión, todo lo contrario, está expectante, ilusionada, no aguanta la espera, quiere ver los contactos ya e insiste en llamar a pesar de que el día de entrega estaba acordado en el contrato, llama aunque en el fondo, cada vez más en el fondo, sepa que las fotos no quedaron bien, que no va a quedar satisfecha y le va a echar toda la culpa a la fotógrafa, una estafa, mejores fotos tomo con mi teléfono.

Sin ningún tipo de entusiasmo y bastante incómoda con la situación, Raphaella se prepara para trabajar en los archivos. Es una preparación más que técnica mental, algo física también. Respira profundo, varias veces, tensa los hombros y vuelve a relajarlos de golpe, mueve los brazos de lado a lado cruzándolos frente al pecho, sabe lo que va a encontrar, pero abre los archivos lista para comenzar la corrección de color y trabajar lo más que se pueda brillo y contraste. Por más que sepa que la novia no va a quedar complacida, ella le entregará el mejor resultado posible.

Entonces sucede algo por completo inesperado. En la primera foto se encuentra con una especie de mancha que no recordaba, no podía recordarla porque no estaba ahí, la hubiera visto y habría limpiado el lente o cambiado de posición, es una mancha en el rostro de la novia, como si alguien hubiera intentado vencer la niebla pintándole la cara con ceniza, pero lo que logró fue dejarle un tono grisáceo que le borró las facciones. Sorprendida ante ese pensamiento, Raphaella trata de ajustar el color y el contraste para ver si logra recuperar la expresión de la novia y apenas la imagen se hizo más nítida supo que no debió hacerlo. La novia muerta la mira fijamente, Raphaella intenta quitarla de ahí dándole al botón de Deshacer, pero es como si la computadora se hubiera congelado, Raphaella trata de mirar a otra parte, pero no logra apartar los ojos de la pantalla, está paralizada, la mirada del espanto es intensa y dolorosa como si fuera una aguja que se le clava por los ojos y le recorre todo el cuerpo, siente cómo las fuerzas comienzan a faltarle, luego el aliento, cae de lado al piso y no se levanta nunca más.

EL DÍA QUE NO VI LANZAR A BABE RUTH

Con el paso de los años y dependiendo de su estado de ánimo, papá también le echaba la culpa a la epidemia de gripe, a los disturbios raciales o a la prohibición, pero esas cosas sucedieron poco después. En realidad, papá no cumplió su promesa porque le dio fastidio. Él insistía en que el Comiskey Park quedaba muy lejos y que el juego era en día de semana, pero lo único que había que hacer era tomar el tren de la línea Southwest y cambiar en el Loop a la línea South Side, nada que no hubiéramos hecho antes, por eso intentaba darle algo de fuerza moral a su negativa, añadiendo que el país estaba en guerra, no era momento para estar perdiendo días de trabajo por ir al beisbol.

Cuando dio su no definitivo yo no podía creerlo; él, justamente él que en vez de cuentos de buenas noches me hablaba de los Cachorros; del superequipo del '06 y sus 116 victorias por solo 36 derrotas; de los campeones del mundo en el '07; del bicampeonato al año siguiente; de la dinastía de Mordecai Brown, Orval Overall, Carl Lundgren, Johnny Evers, Frank Chance y Joe Tinker; él, que me decía que cuando los Cachorros volvieran a la Serie Mundial iríamos al primer juego, sobre todo desde que se mudaron al estadio Weeghman, tan cerca de casa. Negarse a ir, a llevarme, fue una auténtica traición. Pero en ese momento mi rabia no fue contra él. Fue contra los Cachorros.

Salí corriendo de la casa y no paré hasta llegar al estadio. Solía hacer esa misma ruta en mis paseos, siempre a medio camino entre la aventura y el aburrimiento, bien bordeando el lago o por las calles de la ciudad, pero con el destino claro: el estadio Weeghman; me asombraba su tamaño, su ambiente, los gritos y aplausos que se escuchaban cuadras antes de llegar. Siempre me quedaba un rato viendo los juegos por entre las bardas de los jardines, me gustaba juntar la reacción del público con la acción que no podía ver por el limitado ángulo de mi improvisado palco. Pero ese día el estadio estaba vacío, el silencio se juntaba con la única reacción disponible, la mía. Con toda las fuerzas de mi rabia le lancé piedras a las paredes del estadio hasta que un policía o un guardia me gritó que no continuara haciéndolo o se vería obligado a tomar alguna medida. El policía esperó hasta que me di la vuelta y comencé a caminar, pero no quería alejarme. Recuerdo que le di la vuelta completa al estadio, tres veces, midiéndolo, casi palpándolo, a mí me parecía enorme, majestuoso, no entendía por qué los Cachorros habían decidido no utilizarlo para la Serie Mundial, en una de las vueltas hasta los maldije, si yo no iba a ir al juego entonces que los Cachorros no ganaran, creyendo que así pasaría algo inesperado, un cambio de opinión de mi papá, alguien que nos invitara y no pudiéramos decirle que no, pero no pasó nada y no fui al primer juego de la Serie Mundial entre los Cachorros y los Medias Rojas.

Mi papá volvía sobre el tema con una frecuencia que siempre supuse culposa y que luego comprendí era más bien demencial. Explicaba sus razones, el apoyo al esfuerzo bélico, la gripe que estaba matando a un gentío, la situación en el sur por la muerte del niño en la playa, la mafia fuera de control, y luego hablaba del partido, del palacio donde se jugó, de la primera vez que se cantó el himno aunque todavía no lo era, y del duelo de pitcheo entre Hippo Vaughn y Babe Ruth. Quién lo diría, con los años creció más y más la magnitud de lo que me había perdido. Hubiera podido contarle a quien quisiera y a quien no de aquel juego de Serie Mundial en el que vi a Babe Ruth, y mi audiencia, grande o pequeña, habría exclamado "¡el bombardero del Bronx!" solo para quedar completamente descolocada con mi respuesta: No, el lanzador de los Medias Rojas. Pude haber visto a Ruth lanzar nueve entradas de blanqueo y ganar el partido 1 a 0, pero no lo vi porque a mi papá le dio fastidio tomar dos trenes en día de semana. Por supuesto, nunca se lo perdoné y jamás volví a interesarme por el béisbol, en especial por los Cachorros.

LA SAYONA DE CHICAGO

El día de la reunión de *Caracruz* siempre me da un enorme fastidio ir: domingo en la mañana; la mayor parte del año hay que salir en medio del frío de Chicago; el par de meses de verano nos perdemos o llegamos tarde a alguna de las numerosas actividades que ofrece la ciudad; ir a pesar de no tener el texto listo, el tema pensado, las correcciones hechas; sin embargo, si me preguntan cuál es mi día favorito del mes, sin duda respondería el de la reunión de *Caracruz*. Los días de *Caracruz* son mejores en el recuerdo: los recuerdo lindos, libres, sin preocupaciones, conversando sobre los artículos que queríamos escribir y los números que teníamos que coordinar sin siquiera molestarnos por preguntarle a Margot si había presupuesto para el siguiente número; siempre hay dinero, Margot lo consigue, qué tal si hacemos un número sobre los programas de escritura creativa en español de las universidades de Estados Unidos; no sé cómo lo logra Margot.

En la reunión de diciembre se planifican los temas centrales de los números de todo el año; luego, una vez al mes se hace la reunión del número en elaboración, donde los coordinadores de los temas centrales del mes en marcha y del siguiente notifican cómo van mientras se pasa revista de las otras secciones y del material disponible para el número correspondiente. Así, en diciembre ya sabíamos que el número de octubre de este año iba a estar dedicado a mitos, supersticiones y espantos.

Desde que los Cachorros ganaron la Serie Mundial quería escribir sobre el final de la maldición de la cabra. Siempre me fascinó esa historia y todas las reafirmaciones posteriores que explicaban el porqué de más de un siglo de futilidad del equipo. Por años se construyó una identidad de equipo derrotado mas no perdedor, pues las razones de esas derrotas iban más allá del deporte, más allá de cualquier racionalidad. Fanáticos devenidos historiadores y viceversa, eran capaces de enumerar eventos, momentos, lugares y personas que se interpusieron para evitar la victoria de los Cachorros y con ello confirmar su destino, su condición de equipo maldito. Y de pronto, ya, se acabó, todo eso quedó borrado así, con un chasquido de dedos, por algo tan efímero como el título de campeón de una temporada. Ese vacío después de la victoria me parecía no una liberación sino una nueva condena.

Me tomó algo de tiempo proponer el artículo, quería que fuera parte del tema central para que el texto tuviera un lugar destacado en la revista y no me iba a ser fácil convencer a la mesa si la propuesta no trascendía el tema deportivo. Dándole muchas vueltas a la cabeza, se me ocurrió la idea de hacer un dossier en el mes de octubre sobre las distintas costumbres y fiestas de Estados Unidos, México y el resto de Latinoamérica, aderezado con leyendas e historias que no necesariamente estuvieran relacionadas con esas fiestas, pero que serían perfectas para contar en la época, y luego de casi un año de hablarme frente al espejo del ascensor, me atreví a hacer la propuesta en la reunión de diciembre. La reacción general fue de aprobación y complacencia, aunque nadie comentó con entusiasmo posibles temas que se pudieran tocar, cosa que solía suceder, pero mejor así, la propuesta quedó ratificada y yo tenía en mi cabeza suficiente material en potencia para trabajar.

Uno suele cometer los mismos errores. Todavía estaba en la universidad la única vez que he logrado trabajar como jefe de redacción, en un periódico para estudiantes hecho por estudiantes, ese era el eslogan; duré dos números en el cargo y porque fueron generosos dándome la segunda oportunidad. Me interesaron solo ciertos artículos, ciertas ideas, lo demás lo dejé a la improvisación y eso se notó en ambos números bajo mi mando: completamente desiguales, desbalanceados, con unos artículos desarrollados hasta el último detalle, donde no había un solo cabo suelto, y otros por completo superficiales y editados a machete.

Eso mismo parecía que me iba a suceder con mi tema central. El artículo sobre la maldición de la cabra apuntaba al largo aliento; cada anécdota investigada al detalle; fotos recién tomadas de los lugares si todavía estaban en pie, de archivo si ya no existían; entrevistas y testimonios de exjugadores, periodistas y fanáticos del equipo sobre cómo la cabra había marcado su relación con los Cachorros y sobre qué pensaban que vendría de ahora en adelante; comparaciones con otras pseudomaldiciones, porque hasta esa conclusión incorporaba, que los Cubs eran el único equipo que había tenido que enfrentar una maldición propiamente enunciada. Todo eso, por supuesto, en detrimento de cualquier otro aspecto del tema central. Llegó la mitad del año y no había avanzado mucho más allá de las otras tres primeras ideas sobre el dossier. Por suerte, cuando contacté a las tres personas que había pensado como posibles escritores de los artículos, aceptaron hacerlo sin ninguna objeción. Y por sorpresa, recibí un correo electrónico de Lea, la otra venezolana del consejo editorial de Caracruz, pidiéndome que le reservara espacio para un artículo.

Casi un mes después me volvió a escribir diciendo que aunque todavía no lo tenía para nada claro, pensaba escribir sobre una sayona de Chicago. No agregó más detalles, pero tampoco los necesité para aprobar entusiasmado y confirmarle que sería parte del tema central.

Llegó agosto y en la reunión le conté al grupo que tenía cuadrados un artículo sobre los orígenes de las celebraciones de Halloween y del Día de los Muertos; otro sobre el chupacabras como fenómeno cultural de la televisión hispana de Estados Unidos; un ensayo sobre el terror tanto sobrenatural como político-social en las obras de Samanta Schweblin y Mariana Enríquez; mi artículo sobre el fin de la maldición de la cabra y el reto de construir una identidad sin mitos fundadores; y una historia que todavía estaba en pañales que me propuso Lea sobre una sayona de Chicago. Aquello sacudió a la mesa, nadie había escuchado nunca hablar de una sayona de Chicago, y en esa mesa se sentaba gente que conocía la historia, cultura, mitos y leyendas populares de la ciudad como solo la llegan a conocer los que escogen vivir en un lugar por lo que este tiene para ofrecerles.

A pesar de la expectativa general, Lea no añadió mayor información, dijo estar apenas comenzando a investigar sobre el asunto. El que estuviera tan cruda en la idea me resultó un tanto descorazonador, el primer correo que me envió fue a principios de junio, en dos meses no había progresado más allá de la idea general. Con todo y lo prometedor del tema, no había nada que me dijera que Lea escribiría un buen artículo, ni siquiera estaba seguro de que llegaría a escribirlo, por lo que tampoco me preocupaba demasiado si llegado el momento tenía que sustituirlo por otro.

El artículo de la maldición de la cabra estaba terminado salvo por el exceso de palabras, con una tarde de revisión lo dejé listo y archivé todo el material extra para un proyecto futuro, quién sabe si un libro a publicarse en la conmemoración de una fecha significativa de la historia del equipo. Entonces, para estar preparado en caso de que a última hora hubiera que llenar espacios, comencé a trabajar en un texto sobre las pequeñas diferencias en las tradiciones supersticiosas latinas y anglosajonas: el gato con sus respectivas siete o nueve vidas, el día 13, martes o viernes, y otros ejemplos.

Las semanas posteriores a la reunión recibí un par de comentarios de miembros de la revista comentando que el número había generado buena expectativa, en especial el texto de Lea. Tenían razón, la sayona de Chicago, o más bien la sola idea de que existiera, le daba al dossier una fortaleza y un atractivo que los demás temas no poseían. Por eso le escribí varias veces a Lea para alentarla-presionarla a que escribiera el artículo, ella seguía sin soltar prenda, la imaginaba estancada, mensaje tras mensaje lo único que obtenía de ella era un "estoy investigando" bastante evasivo. Pero en la reunión de septiembre, Lea ni siquiera me dejó presentar el estado general del dossier, tomó la palabra y lo que contó nos dio a todos la sensación de que podía convertirse en el texto central del número.

La historia de la sayona del lago se la contó a Lea su

casero, el señor Porras. Lea vivía en un cuarto de la casa de Porras, en la calle Throop, muy cerca de la 18 y de la sede de Caracruz, tanto de la actual como de la anterior. Porras y Lea conversaban todo el tiempo y en su casero Lea había encontrado un excelente termómetro de los temas de la revista. Cuando a Porras le interesaba el tema central, Lea hacía lo posible por escribir, cuando no, Lea ni opinaba. Con el dossier de espantos y supersticiones, Porras tuvo una reacción inmediata, "herejías" sentenció y le preguntó a Lea si era cristiana. Para no desviar el tema, Lea, que solo había llegado hasta la primera comunión, dijo que sí, pero el otro no estaba tan interesado en la condición de practicante de la religión de Lea sino en el sermón general: "Si es usted una verdadera cristiana, más aún si es católica, no debe andar en busca de espantos, el que busca espantos no sabe qué espantos encuentra". Porras le habló por enésima vez de su trabajo en la iglesia ayudando a inmigrantes, indocumentados o no, a dominar el inglés y a llenar las planillas de ciudadanía, de impuestos, de asistencia social, de lo que necesitaran, "ahí nos conocimos, ¿se acuerda?" intentó atajarlo Lea. Pero Porras continuó con su perorata ahora centrado en las numerosas iglesias de Chicago y le reiteró que cuando quisiera le hacía un recorrido por ellas, que la oferta siempre estaría en pie. Fue un largo preámbulo para llegar de manera por completo inesperada al tema de la sayona; cuando ya Lea no prestaba ninguna atención, el señor Porras le dijo que le iba a dar una historia para su revista.

Entonces Porras le contó de Cañitas, el primer inquilino que tuvo Porras, el único venezolano hasta que llegó Lea; por eso le contó la historia, eso pensó Lea. Cañas tenía dos trabajos, de parquero y de ayudante de fotógrafo. Mr. Smith, así se apellidaba el fotógrafo, tenía mucho trabajo en la temporada alta, el verano, con el poquito tiempo que dura y todas las novias de Chicago queriendo tomarse fotos al aire libre. Todos los días del verano tenían una o dos sesiones, y en el camino a cada una de ellas, Mr. Smith le preguntaba a Cañitas si creía que iba a haber niebla, "porque si había niebla eso significaba que podía aparecer la sayona del lago". Según Porras, Cañas le contaba la historia con rabia, Porras estaba seguro de que era rabia contra Smith, estaba harto de él, no era para menos, todos los días, como si se tratara de un niño capaz de repetir lo mismo una y otra vez y reaccionar siempre con la misma emoción, Smith le decía que los días de niebla la sayona del lago se aparece vestida de novia esperando al novio que nunca llegó y si un fotógrafo descuidado la retrata morirá al revelar las fotos, porque nadie puede verle la cara a la muerte y vivir para contarlo. Lea supo enseguida que ahí en efecto tenía una historia para el número y le preguntó a Porras si mantenía alguna seña de Cañas. "No tuvo tiempo ni de despedirse. Se había comprado una nave y yo le decía bájale, veneco, que no eres güero, pero no le bajó y un día el camión de la migra estaba esperándolo frente a la mismísima puerta de la casa de usted".

Lea investigó, no demasiado porque no tenía tanto tiempo, pero sí lo suficiente como para darse cuenta de que la historia de la sayona de Chicago no era tan conocida como le habría gustado, si es que no se trataba de una especie de chiste privado que el tal fotógrafo Smith le echaba a sus ayudantes con el único fin de exasperarlos. Aunque no había material para escribir un artículo, la historia era buena y Lea quedó convencida, a pesar de la falta de pistas o evidencias, que valía la pena buscar a la sayona. El plan que puso en marcha nos cautivó:

—Como la sayona se le aparece a los fotógrafos de boda, ahí es donde estoy buscándola. Llevo tres meses haciendo el mismo recorrido para preguntarle a los fotógrafos si han escuchado hablar de la sayona, pero nada, la única respuesta que he obtenido hasta ahora son unos "I'm working here!" a veces hasta violentos, pero voy a seguir intentándolo hasta el día que tenga que entregar el artículo.

La sensación general, no obstante, fue de satisfacción, lo que contó Lea nos pareció en sí misma una gran historia, suficiente para lo que le pedimos a los artículos del tema central. Sin embargo, Lea esperó a que la reunión se disolviera para acercárseme y preguntarme si podíamos hablar un poco más.

La invité a un café en el Jumping Bean. Cuando estuvimos sentados y servidos me confesó que estaba preocupada, quería escribir del tema, pero no avanzaba, nadie en la ciudad sino el señor Porras había escuchado sobre una sayona del lago. No quería comenzar a dudar de su casero, todavía estaba segura de que la historia era cierta, Porras no la habría inventado.

—Y sin embargo, ya me siento ridícula, no debí haber llegado tan lejos.

—Mira, te entiendo perfectamente, a mí también me ha pasado, cuando me obsesiono con un tema no quiero soltarlo por nada del mundo, pero la verdad es que ya tengo material listo en caso de que un artículo se caiga, si es el tuyo, bueno, para el próximo escribes otro.

Aquello a Lea no le gustó nada, que yo me tomara con tanta tranquilidad su posible incumplimiento debe haberla herido en el orgullo, como si de pronto hubiera descubierto que la misión que se había puesto a sí misma no era importante para más nadie; de inmediato entendí que por una cuestión de puro carácter seguiría buscando a la sayona del lago y que no pararía por algo tan arbitrario como una fecha de entrega.

—Pero, ¿se te ocurre alguna alternativa?

—Honestamente, estoy ya seca de ideas.

—Bueno, no sé si te diste cuenta de que la mesa estaba fascinada con tu historia. Quizás debas convertirla en un tema central, así puedes seguir tu investigación hasta el mes que le toque, y tienes hasta diciembre para encontrarle un dossier que le sirva de marco.

No sé si la convenció mi propuesta, pero se relajó un poco. Continuamos tomando el café y comentamos que el frío todavía no había entrado con fuerza. En efecto, cuando nos terminamos el café y ya estábamos por despedirnos, la sentí más tranquila, confiada, tenía un plan, si no aparecía la sayona de todos modos podría seguirla buscando un tiempo más hasta que tuviera una historia que contar y eso le permitió irse satisfecha. Todavía me cuesta creer que esa fue la última vez que la vi.

WEEPING SALLY

Las nubes sobre el lago acercaban el horizonte; el espectáculo, como siempre, fascinó a Sally. El carro se detuvo frente al jardín japonés a la espera del momento justo en que la novia tuviera que bajarse. Sally estaba hermosa, pero una casi imperceptible sombra de duda se le dibujó en el entrecejo cuando entre los invitados que llegaban al lugar de la ceremonia vio al señor Ferrara escoltado por un par de sus hombres. Por supuesto que Michelangelo lo había invitado, era una obligación, una cortesía, y le aseguró que no iría cuando ella puso reparos, no por la fama de Ferrara, que en Chicago todo el mundo sabe y calla y ella más, enamorada como estaba de uno de los hombres de su organización, sino por la cantidad de invitados, era un lujo que se estaban dando al hacer la boda en el lugar donde siempre soñó que la haría, ahí en medio del parque Jackson, entre árboles inmensos, custodiados por los edificios de la universidad y sintiendo la frescura del lago; la lista de invitados tenía que ser lo más íntima posible. Pero sentada en el carro a la espera de que fuera la hora de tocar la marcha nupcial, lo primero que vio fue al capo maggiore entrar al lugar.

Sally preguntó la hora y su papá le respondió que todavía tenían tiempo. Ellos sí, el novio no. Michelangelo tenía que haber estado ya en el altar, parado galante y orgulloso esperándola. Si ella lo veía llegar corriendo, azorado por ocupar su puesto, se perdería buena parte de la magia del momento, pero transcurrieron varios largos minutos más y Sally comenzó a desesperarse, a pensar que Michelangelo se había arrepentido, que la había engañado, que todas sus promesas no fueron ciertas y que los adelantos de la noche de boda en los que tanto insistió él y que tanto disfrutaron fueron el error que la dejó sin matrimonio.

"El tiempo está poniéndose feo", dijo Sally al ver que las nubes estaban más cerca de la orilla y como si hubiera querido apresurar el inicio de la ceremonia decidió bajarse del carro, su papá le dijo que no lo hiciera, pero ella no podía permanecer sentada. Todos los invitados comentaron con malicia lo bella que estaba, algunos se pararon y se acercaron a felicitarla para dar una sensación de normalidad, de que no tenía nada de raro la espera. Entre los que se acercaron estaba el señor Ferrara y el entrecejo de Sally se marcó ya de manera clara y delatora. Algo le decía que esperara lo peor.

Michelangelo era un miembro de poco peso de la familia.

Llevaba a cabo mandados y manejaba mercancía por la ciudad. Era eficiente y eso le había traído buenos resultados, el aprecio de varios hombres cercanos al capo, algunos de ellos ocupaban sus sillas frente al altar al aire libre donde Michelangelo y Sally ya debían estar casándose. El novio, sin embargo, aún no llegaba. Cuando Michelangelo salió de su edificio cerca de la 24 con Western lo estaban esperando. El novio los reconoció de inmediato y sabía por qué estaban ahí, pero aún así tuvo el apresto de mostrarse casual. "¿Vinieron a felicitarme por mi boda o están molestos porque no los invité?". A los matones del señor Ferrara no les gustó el comentario e intercambiaron miradas con una mezcla de fastidio y rabia y en ese momento, sin que hubiera habido un plan previo, decidieron que Michelangelo necesitaba una lección más dura que la ordenada por Ferrara. Lo invitaron a subirse al auto y Michelangelo no opuso resistencia. Desde el asiento de atrás, flanqueado a ambos lados por un hombre de Ferrara, Michelangelo vio cómo lo condujeron hasta un terreno industrial abandonado al borde del río cuya fama todos en la organización conocían bastante bien. Apenas lo bajaron del auto, Michelangelo perdió la calma que había mostrado hasta ese momento y comenzó a gritar "¡yo me caso!", "¡yo me caso hoy!". Entre sollozos les imploró que no lo mataran por una caja de whisky el día de su boda.

"El señor Ferrara está muy decepcionado" dijo uno de los hombres. "Yo solo quería darle a Sally la mejor boda" respondió Michelangelo dejándose caer de rodillas y rompiendo a llorar. Los matones se dieron por satisfechos, el mensaje había llegado con claridad, pensaron que Michelangelo no lo volvería a hacer y pagaría su deuda con diligencia, pero subestimaron a un novio capaz de robar al capo maggiore para agasajar a su esposa y a sus invitados en la fiesta de bodas. Ahí, de rodillas en medio del terreno industrial abandonado, Michelangelo no estaba expiando sus culpas sino acumulando presión antes de explotar, y no hubo válvula de escape, no aguantó, no pudo, cuando uno de los hombres se le acercó para ayudarlo a levantarse, Michelangelo no escuchó que le decía que no había que hacer esperar más a la novia, con rabia y con agilidad tomó impulso y lo embistió tirándolo al piso y golpeándolo con todas sus fuerzas. No sin también llevarse sus golpes, los otros dos lograron separarlos, pero Michelangelo comenzó a arrojar puñetazos y patadas como un molino fuera de control y en vez de aprovechar la confusión para marcharse mientras los otros mantenían distancia, Michelangelo seguía abalanzándose sobre cada uno. Los hombres sacaron sus armas como último esfuerzo disuasorio, pero aquello pareció enfurecer más a un Michelangelo completamente fuera de sí. Tumbó de una patada a uno de los hombres (el mismo con el que había iniciado la pelea) y se le fue encima. En el forcejeo pronto se oyó un disparo y el cuerpo de Michelangelo rodó hacia un lado mientras el matón se levantaba del piso.

En el parque, las nubes bajas comenzaban a borrar los contornos de las cosas. Aún así, Sally lucía más y más hermosa conforme las sombras blancas y el paso de los minutos le daban mayor dignidad a su espera. Ya casi como un fantasma, Sally caminó hasta el altar para esperar desde allí la entrada de su futuro esposo. Pero lo que vio con imposible claridad fue a uno de los hombres del señor Ferrara acercarse hasta él y susurrarle al oído. De inmediato Ferrara miró a Sally y ella lo entendió todo.

La densa niebla no permitió que ninguno de los invitados viera exactamente el momento en que lo hizo. Entre gritos que rebotaban contra las paredes del gaseoso laberinto ya todos los presentes esperaban lo peor. No fue hasta que la niebla levantó que pudieron encontrar el velo flotando en el lago.

LA DESAPARICIÓN
DE LEA SUÁREZ

Estaba listo para ese momento en que los creadores juegan la carta del ermitaño para sentirse en control de su proceso; yo también he hecho lo mismo, agacharme al pasar, alejarme, callarme, esconderme para no tener que rendir cuentas antes de la fecha de entrega, no son tantas las veces que se puede mentir sobre los avances del trabajo sin sentirse un poco ridículo y en el fondo todos sabemos que el verdadero y único impulso que se necesita para terminar es precisamente la inminencia de la fecha límite. Claro que en esta oportunidad yo estaba del otro lado y estaba obligado a forzar que los ermitaños salieran de sus conchas antes de que retrasaran o interrumpieran las siguientes etapas de la elaboración del número, si bien el tema central por sus dimensiones y características es la sección más compleja y exigente de la revista, también no es sino eso, una sección más. Me sentí un poco capataz de hacienda mientras preparaba el cronograma de los mensajes que les enviaría a mis colaboradores si la fecha de entrega se acercaba demasiado. Con el primer aviso solo respondieron el chupacabra y Halloween dándome la fecha en que pensaban entregar el artículo terminado y que ambos cumplirían sin retrasos.

Ya estaba preparando mi segundo recordatorio cuando recibí el correo de Lea. Mi sorpresa con el título del correo, "Weeping Sally", no se detuvo y fue en aumento mientras avanzaba en la lectura de la historia del novio que no llega y la novia que se arroja a las aguas del lago Michigan. Leído así, sin ninguna explicación de parte de Lea, el texto me dejó por completo fuera de lugar. Aquello no se parecía en nada a lo prometido y por si fuera poco desencajaba con el estilo del tema central, donde no solíamos poner cuentos o textos de ficción, para ello estaba la sección literaria de la revista.

Le respondí con un escueto mensaje preguntándole si esa era toda su colaboración o estaba por mandarme algo más. Luego de un par de horas sin tener noticias de ella, decidí volver a leer el texto y aunque esa segunda vez pude disfrutarlo, también quedé aún más convencido de que no podía ser parte del tema central. Le escribí más largo a Lea, explicándole mis razones y preguntándole de nuevo sobre la historia que pensábamos estaba trabajando. Si la sayona del lago se había convertido en Weeping Sally entonces tal vez tendría algo que contar sobre el origen de esta versión que me había enviado. Pero no recibí ninguna respuesta y me lo tomé personal.

En los días siguientes lo primero que hacía al levantarme y lo último antes de acostarme era escribirle un correo exigiéndole que me respondiera sobre el texto y si me enviaría otro, y durante el día la llamaba decenas de veces, siempre encontrándome con el teléfono fuera de cobertura. Si Lea llegaba a mostrarle los correos o las llamadas perdidas a la policía me habría ganado de inmediato una orden de restricción, y hubiera seguido haciendo méritos para obtenerla de no haberme sorprendido a mí mismo hablando solo como si ella estuviera frente a mí, reclamándole que no me diera la cara y burlándome de que se estuviera escondiendo de alguien como yo, ya la quería haber visto en mi lugar. Ese pensamiento de inmediato me llenó de vergüenza y me hizo reaccionar. Como si la autoridad moral que me adjudicaron y de la que tanto intenté huir se hubiera alojado sin darme cuenta en mi cabeza.

Me gusta comparar mi caso con el de un fiscal de tránsito parado en una esquina donde todos los carros pasan sin respetar la luz roja. ¿A quién detiene el fiscal para multarlo? ¿Al primero que se comió la luz, al que le siguió la corriente, al último que lo hace, al que casi choca a otros carros, al que se burló de la impotencia del fiscal, al más lento, al que dude? Lo único seguro es que detendría al más pendejo. Fue a mí al que detuvieron. La noticia contaba el nombramiento como juez de una abogada pareja de un almirante muy posiblemente vinculado al narcotráfico. Escribí insinuando el tráfico de influencias y dando a entender que vendrían tiempos difíciles en la guerra contra las drogas, pero lo hice sin agregar ideas nuevas, simplemente tomé elementos de aquí y de allá, al final mi nota no destacaba por nada y se parecía, debo decir que demasiado y a conciencia, a las que se publicaron en otros medios. Pero el almirante la tomó fue conmigo, todavía hoy me preguntó por qué yo. Al final del día me despidieron del periódico argumentando que la nota era muy deficiente, que citaba fuentes poco creíbles y carecía de la debida corroboración de la información. En la noche vi en un noticiero al almirante anunciando que me demandaría por difamación y pocos minutos después mi exjefe me llamó para decirme que el despido se debió a presiones y que la orden de arresto en mi contra se emitiría a primera hora del día. En la madrugada abandoné mi casa y no paré hasta que logré salir del país en el yate de un pescador deportivo hermano del novio de mi prima, que en esos días salía a una competencia en Aruba. Algún día me tomaré el tiempo de escribir lo que fue una pequeña odisea, pero todavía no me he reconciliado con esa parte de mi historia, no por ella sino por que después fui tratado como ejemplo, como adalid del periodismo y la libertad de prensa y yo no hice nada o peor, lo que hice lo hice sin ningún tipo de convicción ni de misión.

Intenté reivindicarme. Le escribí una última vez a Lea ofreciéndole disculpas por mi comportamiento de los últimos días y si bien le aseguré que "Weeping Sally" sería parte del tema central también insistí en que ojalá pudiera escribir algo sobre ese paso de la sayona de Chicago a Weeping Sally. La verdad, no tenía otra. El dossier se había enredado. Al problema del texto de Lea se le agregaba que tuve que devolver el artículo sobre Schweblin y Enríquez porque lo que había recibido no era mucho más que una lista de las publicaciones de cada una, quién podía esperar con tranquilidad que la segunda versión sería publicable. Mientras, no lograba darle cuerpo a mi idea de las diferencias entre las supersticiones anglosajonas y latinas, creo que en el fondo seguía pensando en la maldición de la cabra y todo el material que había dejado fuera. Decidí que mi plan B sería volver a incorporar ese material si me fallaban Schweblin y Enríquez, la sayona de Chicago o las dos.

Pero no tuve que activar el plan B. El artículo sobre las escritoras argentinas resultó bastante digno y lo suficientemente largo como para encontrarle una vuelta al texto de Lea. "Weeping Sally" sirvió como una inusual bisagra entre el tema central y la sección literaria. Debo confesar que cuando vi el número diagramado con todas las páginas llenas y con la ingeniosa solución que Olivia, la diseñadora de la revista, encontró para la bisagra, dejé de pensar por completo en Lea y así me resultó bastante difícil tomar consciencia de que detrás de su silencio después de entregar el texto podía haber algo más.

Llegamos a la reunión de octubre con el número en la mano y la decepción fue general al ver que el texto sobre Weeping Sally no contaba la historia que tanto había gustado en la reunión anterior y que ni siquiera era parte del tema central sino que estaba incluido en una especie de tierra de nadie editorial entre dos secciones. Tampoco ayudó que Lea no estuviera en la reunión para explicarnos lo que había pasado y fue ahí cuando comencé a preocuparme, no tanto por la cantidad de días sin saber de ella, que no eran demasiados, sobre todo si tomábamos en cuenta que la mayoría ahí presente solo nos veíamos en cada reunión. Comprendí que me incomodaba, incluso desde el momento de abrir el correo electrónico de "Weeping Sally", el mutismo después de tanto entusiasmo. Lea nos había seducido con su historia, con el empeño que estaba poniendo en contarla, y aunque en el café me hubiera expresado dudas sobre la viabilidad del texto, me fui convencido de que ella seguiría adelante. Por eso me producía tanta disonancia que hubiera entregado sin explicaciones un texto del mismo tema pero completamente distinto a lo que estaba investigando y que no estuviera ahí para contarnos qué había pasado.

Los días siguientes insistí en llamarla y escribirle, disfrazando mi ansiedad preguntándole si ya tenía el número y si le había gustado la solución que encontramos para su texto, pero el silencio se hacía más y más amplio. En redes sociales vi que su muro comenzaba a llenarse de mensajes con la pregunta que yo todavía no me había atrevido a hacerle: dónde andaba metida. Entonces mi preocupación se desbordó y llamé a Margot.

Le conté a Margot lo que había sucedido y soné paranoico y circunstancial. Las únicas evidencias claras que tenía de que a Lea pudiera haberle pasado algo eran los mensajes que le estaban dejando en su muro y el teléfono siempre fuera de cobertura. Margot me preguntó si tenía cómo contactar a Lea más allá de enviarle otro mensaje y tuve que reconocer que no, que esperaba que Margot sí tuviera cómo hacerlo. Pero de Lea sabíamos muy poco, por no decir nada. Un día se presentó en la vieja sede de Caracruz, entregó un sobre con fotografías e ilustraciones de su autoría y la invitamos a colaborar regularmente. Luego, como una más, la veía solo en las reuniones mensuales.

—Pero tú también eres venezolano—me dijo Margot con tono de haber faltado a mi deber de cerrar filas entre compatriotas, y sí, tratamos, tuvimos esa conversación que empieza con el no hay playas como las venezolanas pero termina con el de qué zona de Caracas eres y en qué colegio estudiaste primaria y bachillerato y Moisés ya había separado esas aguas.

Margot insistió en que había que tomárselo con calma. Ella estaba acostumbrada a lidiar con los silencios de esta comunidad: el pasado; recibir noticias de la vida anterior, no importa si buenas o malas; los ajustes de expectativas; todo eso atenta contra el proceso creativo y contra la salud mental; de pronto lo de Lea se trataba de eso, si por alguna razón no pudo con el artículo, era muy probable que haya tenido algún tipo de bajón emocional, no es nada fácil lidiar con el desánimo cuando uno es inmigrante del trópico y el invierno comienza a tocar la puerta.

—Mientras—agregó—, mantén la vista en su muro, ahí podrás saber si las cosas se complican.

—Hay algo adicional—le respondí—. Yo creo que Lea está indocumentada.

Por supuesto no tenía ningún tipo de indicio para confirmarlo, pero la forma en que hablaba de su vida en Estados Unidos, los trabajos a los que de vez en cuando hacía referencia, la tensión con que escuchaba si alguien contaba de sus planes para visitar a la familia, y el hecho de que el origen de la historia que estaba trabajando incluyera una deportación, todo eso me hacía temer que su aparente desaparición fuera producto de algún encuentro con las autoridades de inmigración. Margot me prometió que haría algunas consultas; las hizo, sin resultado alguno.

Antes de comenzar la reunión de noviembre, intenté visualizar a Lea entrando por la puerta y sentándose en la mesa para hablar del número del mes como si nada hubiera pasado. Pero en la medida que los lugares alrededor de la mesa eran ocupados y Lea no llegaba, comencé a perder la calma. Sentí que empezaba a faltarme el aire y que la vista se me nublaba; no había tenido ataques de pánico desde mis últimos días en Venezuela, pero no había pasado suficiente tiempo como para que se me hubiera olvidado cómo recuperar el control. Cerré los ojos y respiré profundo, asegurándome de que el abdomen y no el tórax hiciera el trabajo de inspiración y luego botando el aire lentamente. Hice unas cinco respiraciones y abrí los ojos, no pude sino reírme cuando vi que todo el consejo editorial de *Caracruz* estaba viéndome como esperando una explicación. Les regresé la mirada a todos y cada uno pero no dije nada, seguro de que una mediasonrisa sería suficiente para que cesara la curiosidad.

Al rato, con la reunión ya comenzada, los miré de nuevo, uno por uno, esta vez recriminándome a mí mismo, molesto al tomar conciencia y enfrentarme a lo poco que en realidad sabía de cualquiera de los sentados en esa mesa y también de Lea, como si no dependiera por completo de ellos, de su solidaridad y amistad, cosas que daba por garantizadas por el hecho de que todos éramos inmigrantes.

Entonces, en un estallido, les conté lo que creía que le estaba sucediendo a Lea. La mesa se quedó en silencio por unos minutos, un silencio de caras que buscan refugio en las palmas de las manos. Marco Aurelio, el editor en jefe de Caracruz, fue el primero que rompió el silencio, mientras llamaba por teléfono dijo que iba a poner en movimiento a toda su red. Estefanía, quizá la que tenía más años siendo parte de esa mesa señaló que inmigrante indocumentada o no, Lea es mujer y que no había que olvidar ese punto. Me apenó un poco que no me pasara por la cabeza otra posibilidad distinta a un encuentro con la migra, como si aquello fuera lo único que pudiera pasarnos por el hecho de ser inmigrantes. Katherine, que todos los meses entregaba dos reseñas, una de teatro y otra de cine, preguntó si alguien había ido a la policía y Margot, para mi sorpresa, respondió que sí, pero que fueron muy pocos los detalles con que se hizo el reporte. Rosales, poeta a cargo de la sección literaria puso sus objeciones, si la migra está involucrada no era bueno haber ido a la policía, los tiempos no están para andar llamado la atención sobre la comunidad. Marco Aurelio y Olivia le cayeron encima a Rosales, posturas así le abren la puerta a toda clase de abusos y él ripostó que no solo queríamos que Lea apareciera, también que si no aparece sea la última. De nuevo el silencio. Qué otra cosa se puede hacer, pregunté. Olivia buscó en sus archivos y encontró una foto de Lea lo suficientemente clara para usarla en un volante que hizo ahí mismo, Margot dijo que había fondos para imprimir cien copias y que también podíamos circularlo digitalmente. Katherine objetó el volante digital, esas cosas se quedan ahí para siempre, y se comprometió a contactar a todas las personas que pudiera de las redes de Lea para recabar información. ¿Y alguien contactó al casero?, preguntó Estefanía. No sabíamos la dirección de Lea salvo su mención de la calle Throop, por suerte también llamó al casero por su nombre cuando nos contó sobre la sayona de Chicago. Me propuse la tarea de encontrar a Porras.

Al terminar la reunión hice las de Lea y caminé por Throop mostrando en mi teléfono el volante que hizo Olivia y preguntando si reconocían a Lea y si conocían a su casero, el señor Porras; contra mi pronóstico, di con sus señas relativamente rápido y fui a tocarle la puerta.

Porras era diminuto y delgado, de cejas gruesas muy negras y cabello abundante también muy negro pero ya con su buen número de canas, lo que hacía muy difícil calcularle la edad, si estaba en los tempranos cuarenta o en los tardíos cincuenta no me habría sorprendido con ninguna de las dos posibilidades. Abrió la puerta con semblante duro, como alguien que acababa de ser importunado, pero en lo que le expliqué las razones de mi visita su expresión se ablandó.

—Estaba tan entusiasmada con su trabajo, le dije varias veces que le bajara, que no era cristiano eso de estar metiéndose con espantos. Pero no le bajó. Y cuando uno busca espantos, uno encuentra espantos.

—¿Y si no fue un asunto de espantos?

Porras se quedó pensativo y con la cabeza baja, como

si alguien más estuviera presente en la habitación y no quisiera que nos escuchara, añadió:

—Hablé con su abogado en la iglesia y tampoco pudo averiguar nada. Cada vez es peor, a la gente de la migra ya no se le puede ni hacer preguntas.

—¿Otra posibilidad, además de la migra?—le pregunté y él asintió levemente, con los ojos cerrados y frunciendo un poco la boca dijo que Lea no era persona de desaparecerse y luego de tomarse un breve respiro, agregó:

—También en la iglesia pensaron en esa posibilidad. Si ellas se enteran de algo nos lo dirán.

No tuve que pedírselo para que Porras me dejara echarle un vistazo a las cosas de Lea. Todo estaba en su habitación tal como lo había dejado. No había computadora o algún cuaderno de notas, solo libros, propagandas de préstamos instantáneos y recibos de consumo. Poca ropa, le pregunté a Porras si faltaba algún bolso o maleta, pero no supo decirme. También algunas fotos, todas de Venezuela, grupos familiares y muchas amigas, solo un par de fotos en pareja con el mismo hombre en ambas.

—¿Mencionaba algún novio, amigo cercano?

—La verdad, era algo solitaria, no hacía mucho ruido y aunque pasaba poco tiempo en la casa de usted no llegaba tarde y nunca dormía fuera.

Salí de casa de Porras por completo abatido, sin ninguna esperanza de dar con el paradero de Lea o al menos de saber qué le había sucedido. Pero no quería darme por vencido, no tan rápido, y lo único que se me ocurrió hacer fue seguir el camino que Lea había comenzado a recorrer.

En medio de ese otoño de Chicago tan parecido al invierno que nadie sabe cuándo termina uno y comienza el otro, ya era muy tarde para hacer el mismo circuito que hizo Lea. Mi búsqueda tuvo que ser virtual y telefónica. Entre páginas amarillas, directorios profesionales, búsquedas web y redes sociales, construí una amplia base de datos de fotógrafos de Chicago y a todos y cada uno les mandé el mismo correo electrónico tipo supervisor de trabajo de campo para confirmar si les habían preguntado por Weeping Sally. No estaba seguro de qué obtendría con semejante consulta, los últimos pasos de Lea quizás. Qué haría si los averiguaba, eso era un tema por completo distinto.

Pero Raphaella no respondió mi correo, escribió uno nuevo preguntándome por qué el texto *Weeping Sally* estaba firmado por Lea y no por su tío.

LA VERDADERA HISTORIA
DE WEEPING SALLY

Mantener viva a Weeping Sally es una promesa de familia que yo no he sabido cumplir, pero Lea se comprometió a ayudarme. La idea, veo que no se lo dijo, era escribir la verdadera historia de Weeping Sally. El cuento era el primer paso, el segundo no lo dio, no pudo darlo, no la dejaron. ¿Cómo que quiénes? De verdad Lea no le contó nada, con razón cometieron el error. Yo también recibí su correo, estaba en copia oculta, y por eso sé que el cuento estaba firmado por Mike Wells, no por Lea. Pero también estoy segura de que eso fue lo que permitió que saliera publicado.

No tiene la menor idea de lo que le estoy hablando, ¿verdad? Entonces déjeme contarle la historia desde el comienzo. *Weeping Sally* no es ninguna leyenda de la ciudad, tratamos de que lo fuera, pero en realidad es un cuento que escribió Mike Wells, mi tío abuelo. El que publicaron lo escribió Lea, pero ya entenderá por qué.

Mi abuela, Heather Wells, celebró su boda en Promontory Point, ¿ha estado ahí? Un sitio hermoso en Hyde Park al borde del lago bastante nuevo en ese entonces. Pero sin previo aviso, desde el lago se vino una niebla inesperada, densísima, que básicamente arruinó la fiesta. Así se le ocurrió la historia al tío Mike. Pero antes, déjeme hablarle un poco más de Mike Wells.

Mis bisabuelos eran hijos de la reconstrucción que vivió Chicago tras los incendios. Recién casados se establecieron en los nuevos desarrollos urbanos de Edgewater, y tuvieron a su primer hijo, Michael, en 1906. Luego vinieron Steven, Claire, Philip y por último mi abuela, Heather, en 1919. Mike creció literalmente a orillas del lago Michigan. En verano pasaba la mayor parte del día en el agua, y en las épocas del año en que la temperatura del agua no permitía bañarse, recorría la orilla de norte a sur, tratando de llegar lo más lejos posible. A lo otro que le dedicaba su tiempo libre era al béisbol. Sus caminatas a orillas del lago se desviaban hacia el Wrigley Field cuando había juego y siempre intentaba entrar al estadio o ver el partido desde algún recoveco de la fachada del jardín derecho. Cuando los Cachorros alcanzaron la Serie Mundial de 1918, mi bisabuelo le prometió llevarlo a un juego, pero el equipo decidió jugar sus partidos de local en el Comiskey Park y el señor Wells se negó a cruzar toda la ciudad por un simple partido de béisbol. Quizás esa haya sido la primera gran decepción en la vida de Mike. Tres años después, cuando ya Babe Ruth era una superestrella nacional, Mike escribió un cuento del día que no vio a Ruth lanzar en la Serie Mundial y desde ese momento su vocación quedó sellada. Mike escribió una nueva versión del cuento que incluyó en su aplicación a la Universidad de Chicago y la orilla del lago, desde Edgewater hasta Hyde Park, se convirtió en su geografía personal: toda su obra de algún modo se movía entre esos límites. Nunca perdió Mike la costumbre de caminar a la orilla del lago, pero le agregó el explorar los jardines y parques de Hyde Park, acompañado con cierta frecuencia por sus dos hermanos menores; dicen que en uno de esos paseos Heather tomó la decisión de casarse en alguno de los parques.

Pero ya pasados los treinta, Mike sabía que no iba a tener ningún éxito como escritor y eso solía sumirlo en periódicas crisis que terminaron por destruir su único matrimonio y complicaba mucho las relaciones familiares. Sus hermanos se convirtieron en su principal apoyo y por eso siguió escribiendo, casi siempre solo para él, aunque de vez en cuando juntaba algunos dólares y se financiaba el tiraje de un libro o de una revista. Así, si estabas dentro de la escena literaria de la ciudad, bien podías haber escuchado el nombre Mike Wells. Fuera de esa escena, difícilmente.

Sin embargo, para el momento en que apareció en escena mi abuelo, Robert Marotti, el tío Mike estaba entusiasmado. Con un par de amigos estaba en plena elaboración de una revista, *Lake Gothic*, que trataría temas de terror ambientados en el medio oeste americano. Ya él había escrito un par de cuentos sobre mansiones embrujadas construidas sobre las cenizas de los incendios de Chicago, y sus compañeros de empresa le habían enviado dos o tres colaboraciones cada uno.

Mi abuelo Robert era estudiante de la universidad de Loyola y se había criado en Elmwood Park. Heather y él se conocieron a través de una amiga en común y entre ambos surgió de inmediato un amor que terminaría en matrimonio en 1938. Como ya le dije, la ceremonia se realizó en el Promontory Point, que apenas tenía un año de haber sido construido, pero que complacía a la perfección el sueño de Heather. Entonces la niebla dio por terminada antes de tiempo la celebración y activó la imaginación de Mike, que escribió *Weeping Sally* ubicando la historia unos años antes en la era de la prohibición. *Weeping Sally* fue publicada en el primer número de *Lake Gothic* con una continuación ya ideada para el segundo, donde Weeping Sally volvería de la muerte para aterrorizar a quienes se atrevieran a casarse a orillas del lago.

Me habría gustado que en su versión Lea hubiera hecho más énfasis en lo que hizo Michelangelo, se robó una caja de whisky, una sola, y alteró el libro de contabilidad, pero por supuesto no era el único libro que usaba la organización y bastó cotejar para saber que faltaba la caja, ese detalle era importante.

Al abuelo Robert le encantó el cuento, tanto que se lo mostró a varios amigos de la familia, siempre haciendo énfasis en cómo la niebla que les había amargado la fiesta de bodas le sirvió al tío Mike como fuente de inspiración. Pero mi abuelo, que tenía un futuro promisorio como abogado y cuyo padre se ganaba la vida muy honestamente como talabartero, al parecer tenía amigos a los que no les gustó tanto el cuento, y alguno debió haberse sentido retratado. Quién sabe si Mike había escuchado antes la historia de la caja de whisky y lo que hizo fue juntar dos anécdotas para crear una nueva, quién sabe si utilizó el perfil de algún mafioso de la vida real para construir el personaje de Michelangelo o el del señor Ferrara, nunca sabremos exactamente quiénes fueron ni qué fue lo que leyeron en *Weeping Sally* que decidieron tomar venganza.

Cuándo empezó, tampoco se sabe. La atención del país no estaba en otra cosa que no fuera el esfuerzo bélico, y el propio tío Mike detuvo la producción del segundo número de *Lake Gothic* debido a labores más acordes con el momento nacional. Los conspiradores se aprovecharon de ello y poco a poco, sin que mi tío ni nadie de su entorno se dieran cuenta, comenzaron a destruir y eliminar las referencias de su obra. En una operación que necesitó de una organización muy poderosa para llevarla a cabo, primero *Lake Gothic*, luego los otros libros que mi tío había publicado por cuenta propia, fueron desapareciendo de las bibliotecas del país, desde la biblioteca del Congreso para abajo. Después de eso, también desaparecieron artículos de prensa y reseñas de páginas literarias donde se le mencionara. Por último, las copias que se habían vendido de *Lake Gothic*. Mi pobre tío se enteró de lo que estaba sucediendo cuando un amigo le preguntó por qué *Lake Gothic* no estaba en la biblioteca de Oak Park. Cuál no habría sido su sorpresa, él mismo la había entregado en la biblioteca. En aquella época le debió tomar varios días, quizás semanas, concluir que su revista no solo no estaba en ésa sino en ninguna de las bibliotecas del área metropolitana de Chicago. Necesitó meses para entender que aquello estaba sucediendo con todo lo que había escrito.

Él intentó defenderse con lo único que tenía a mano: su pluma. Escribió artículos hablando del hallazgo y preguntándose cómo y por qué estaba sucediendo aquello. Pero los artículos no se publicaban sin ningún tipo de explicación por parte de editores y jefes de redacción, a lo sumo alguien le dijo que con el país luchando en dos frentes no había espacio para un artículo así. Tío Mike también acudió a la radio buscando generar algún tipo de escándalo público, pero en la entrevista que le hicieron lo trataron como una especie de loco que estaba imaginando cosas. No hubo tiempo ni interés para la obra en desaparición de un escritor desconocido del medio oeste. Tan solo quedaban los ejemplares personales de *Lake Gothic* que poseían cada uno de los editores de la revista, pero pronto el enemigo invisible de mi tío también se haría cargo de esos. Unos días después de la invasión a Normandía, un súbito incendio acabó con la casa de mi tío y con ello los ejemplares de *Lake Gothic* y cualquier otra cosa, inédita o publicada, propia o ajena, que estuviera en su archivo personal quedó reducida por completo a cenizas.

Mike Wells no volvió a escribir nunca más y nadie volvió a leer algo escrito por él. Acabado intelectualmente y sin mayores recursos económicos, mi tío terminó viviendo como un eterno huésped en casa de mi abuela y una noche en que ella estaba particularmente ansiosa por las noticias que llegaban del frente, él le contó su historia. Fue cuando el resto de la familia pudo enterarse de lo que había pasado con su obra.

No fue hasta que mi abuelo volvió de la guerra que pudo ir a buscar su copia de *Lake Gothic* y por supuesto no la encontró. Él juraba que no la había prestado, pero tampoco podía estar seguro, usted debe saber cómo es, a nadie realmente le importa ser el tonto que presta el libro. Mi abuelo comenzó a preguntar entre los amigos, primero por la revista, luego directamente por el cuento. Al parecer nadie jamás había escuchado hablar de la historia de Weeping Sally, lo cual le confirmó al abuelo que en efecto la conspiración contra Mike estaba siendo llevada a cabo por alguna familia. Los Marotti siempre se habían mantenido al margen de los manejos de las familias de Chicago, cosa que facilitaba el vivir un poco más al oeste, pero eso solo se lograba sabiendo exactamente cuáles eran los límites que no había que pasar.

Descubrir que algún mafioso con suficientes conexiones como para borrar su obra del sistema de bibliotecas del país estaba detrás del asunto, hundió al tío Mike en un abismo total de desánimo, y de eso murió en 1947, al menos es lo que dice toda la familia desde entonces, que el tío Mike murió de desánimo.

Conmovido por el final de su cuñado y sintiéndose culpable del posible papel que tuvo en él, el abuelo decidió luchar contra la sentencia de silencio a la que había sido condenado mi tío Mike, no publicando su nombre o versiones de su obra, que cualquier acción en ese sentido bien sabía mi abuelo que correría el mismo destino que todas las anteriores, sino contando a todo el que quisiera escuchar, y también al que no, la historia de Weeping Sally, la novia-viuda del lago Michigan.

En sus ratos libres y de pro bono, disfrazado de una especie de mimo que necesita romper el silencio, el abuelo iba por los espacios públicos de Chicago narrando la historia a cambio, al menos eso creía el público accidental, de unas monedas. Pero el abuelo Robert no resultó tan buen narrador oral y si no hubiera sido por que el resto del tiempo era un prestigioso abogado, se habría ganado fama de loquito de pueblo. El abuelo Robert continuó saliendo a contar la historia de Weeping Sally hasta que la gota no se lo permitió y todos creyeron que ahí se acabaría todo. Pero mi papá, a su manera, tomó el relevo.

Mi papá solía acompañar al abuelo en algunas sesiones de cuentacuentos, sobre todo cuando adolescente había comenzado a interesarse por la fotografía. Eran intensas jornadas de un día completo que le permitieron practicar todo lo que estaba aprendiendo en las clases que tomaba y le dieron una experiencia en la fotografía en exteriores difícil de adquirir a su edad. Cuando un vecino le propuso pagarle por tomar las fotos del matrimonio de su hija, el destino de mi papá quedó definido. En efecto, a Weeping Sally le debemos la vocación y el negocio familiar.

Fue durante una de las últimas veces en que salieron juntos, al menos eso dice mi papá, que se le ocurrió la idea de fotografiar a la novia que regresa del lago. Con el tiempo descartó la historia de gangsters y la convirtió en el cuento de terror donde los fotógrafos retratan la cara de la muerte. Contaba la historia de Weeping Sally cada vez que veía una oportunidad, se la contaba a la gente que le preguntaba por su profesión, como forma de romper el hielo con los clientes y la contaba hasta sacarles la piedra a todos los aprendices que pasaron por su estudio, lo digo con pleno conocimiento, que yo por supuesto comencé mi carrera con él.

Modestia aparte, soy una gran fotógrafa de bodas. Mi estilo es reconocido de inmediato y las novias de la ciudad me mencionan con respeto y con temor, saben que tienen que hacer lo que yo diga para tener unas fotos perfectas. ¿Se imagina si con ese temor que genero me pongo a hablar de novias muertas? Tétrico, una cosa es que te hagan caso, otra que te huyan, tuve que escoger entre mi negocio y Weeping Sally.

Se suponía que yo continuaría la saga. Siempre me vi a mí misma como la última mohicana, si yo no mantenía viva la obra de Mike Wells entonces sí mi tío desaparecería para siempre, pero los años pasaban y yo estaba cada vez más cotizada, no había un solo espacio en mi agenda y la realidad de este negocio es que si paras se olvidan de ti, por más famosa que seas, por más brillante que sea tu trabajo, la gente igual se va a casar en la fecha que escogieron, no la van a cambiar por las vacaciones del fotógrafo. Así, nunca llegaba un buen momento para retomar la tarea, de hacer algo, claro que más al estilo del abuelo que de papá. Pero a estas alturas estaba segura de que ese momento nunca llegaría y ya me había hecho a la idea de que algún día tendría que visitar al tío Mike para pedirle perdón por haberlo enterrado ahora sí por completo. Y de pronto, de la nada, apareció Lea mostrándome que Weeping Sally estaba un poco más viva de lo que yo pensaba.

No, ella no me encontró, nos encontramos la una a la

otra. Estaba en medio de una sesión y la niebla comenzó a bajar. Por supuesto que pensé en Weeping Sally, siempre pienso en Weeping Sally cuando hay niebla, pero con todo y eso al principio no entendí lo que ella estaba tratando de hacer. Se apareció cámara en mano, se acercó a la novia y comenzó a tomar fotos, de ella, del cortejo, me tomó fotos a mí, y sobre todo le tomó fotos a la niebla. Le pregunté en qué andaba y me dijo que en esa niebla sin duda que podía habitar un espanto. Me pareció poco probable, pero comprendí que ella conocía la historia de Weeping Sally, aún así esperé a que se explicara y me lo confirmó, me preguntó si alguna vez había visto a la novia fantasma que se le aparece a los fotógrafos. Necesitamos hablar, le dije y nos citamos en un café. Entonces me contó cómo supo de Weeping Sally. Yo era la que tenía que estar contando esa historia, preguntándole a la gente si Weeping Sally se les había aparecido, no pude aguantarlo, me solté a llorar ahí frente a ella y desde entonces apenas pienso en ese momento vuelven las lágrimas, lloro de rabia, de culpa, disculpe, no puedo evitarlo, deme un par de minutos, gracias.

Y volví a llorar cuando Lea me habló del fotógrafo Smith y de Cañas, que hicieron mucho más de lo que he hecho yo por mi tío Mike. No, no me suenan para nada, mi papá estuvo años en el negocio. Pero con todo y la cantidad de futuros profesionales que pasaron por su estudio, jamás había escuchado a nadie mencionar a Weeping Sally. Quizás no la mencionaban cuando yo estaba presente por respeto, para no abochornarme, pero creo que no fue eso, mi papá nunca supo hacerse creer, quien lo escuchaba no sabía si aquello era un chiste, un cuento de terror, una película que había visto, nadie entendía qué estaba tratando de hacer.

Cuando por fin me repuse de la sorpresa y mi indisposición, le conté a Lea exactamente lo mismo que le he contado a usted y al principio se mostró contrariada, ella estaba en busca de un cuento de camino, me dijo, no de una obra literaria. No supe qué decirle, me levanté para ir al baño y al regresar ella hizo lo mismo, no sé cuánto tiempo pasó, pero regresó distinta, contenta, entusiasmada, me dijo que el mito no era solo Weeping Sally, también Mike Wells. Antes de que yo pudiera decir algo, se ofreció a reescribir el cuento de Weeping Sally, publicarlo y luego hacer un artículo que hablara sobre la desaparición de la obra de mi tío. Yo no estuve del todo de acuerdo, me dio miedo, pero tampoco pude negarme, la idea de por fin leer *Weeping Sally*, aunque fuera en la versión de otro escritor, era demasiado atractiva.

No debí aceptar su propuesta. Yo lo presentí apenas leí el cuento, sentí que habíamos despertado a una bestia y que todo volvería a ocurrir. Le escribí e intenté llamarla, pero no pude contactarla, pensé en escribirle a usted pero no sé por qué no lo hice, tuve miedo, o en el fondo quería ver si lograban publicar el cuento.

Lo lograron, sí, con el error de atribución, por eso lo lograron.

Lea había quedado en llamarme cuando terminara la primera versión del artículo y así ajustar y corregir detalles, ahondar en lo que fuera necesario y que yo pudiera ayudarla. No debí permitírselo.

Sí es mi culpa, por mí ella publicó *Weeping Sally*, cuiden esos ejemplares, fue una falla de la organización, no sé qué les pasó, ha pasado mucho tiempo y los tomó por sorpresa.

No he vuelto a saber de ella.

No, no fui a la policía, la policía nunca nos ayudó, por qué lo habría hecho ahora.

Aunque *Weeping Sally* volvió a publicarse la historia de Mike Wells seguirá sin conocerse, lo lograron de nuevo. Yo no puedo cargar con más culpas.

Estoy segura, fueron ellos, los mismos que hicieron desaparecer la obra de mi tío.

LA VERDADERA HISTORIA
DE MIKE WELLS

Tanto los Marotti como los Wells siempre creyeron que se trató de un caso de celos profesionales, que quien le hizo eso a Mike era escritor o aspiraba a serlo. Si estás en la mafia y quieres escribir, dice la mitología familiar, te molestaría mucho leer una historia que estaba frente a ti y no supiste verla. El papá de Raphaella indagó bastante tratando de encontrar al mafioso escritor que bien pudo asistir a la boda de sus padres o bien solo leyó el cuento de su tío; nunca consiguió sospechar de nadie. Pero de que era escritor lo era, de lo contrario su venganza no habría sido tan sutil y sobre todo tan dolorosa para el tío Mike.

"El escritor más grande de Chicago murió seguro de que ya nadie lo volvería a leer", me dijo en un momento Raphaella y no pude ocultar mi mueca de desaprobación frente a lo que a todas luces era una sentencia exagerada y sin fundamento, pero tal fue la convicción con que lo dijo que tuve que preguntarle cómo podía estar tan segura de que era el más grande si ella tampoco lo había leído. "Nadie que no haya sido el más grande habría sido víctima de semejante conspiración". No sé si llegué a estar de acuerdo con la respuesta, pero sé que no estuve del todo en desacuerdo.

Fue después de eso que le hice una pregunta que ella no esperaba. La sentí incómoda, como si la historia que acababa de contarme no necesitara información adicional o como si creyera que las interrogantes fueran dudas sobre la veracidad de lo contado. Lo que le pregunté fue si sabía qué otra cosa, además de *Weeping Sally* y el cuento sobre el juego de Babe Ruth, había escrito Mike Wells. Raphaella tardó en contestar, por momentos tuve la sensación de que ella misma era parte de los conspiradores, pero por supuesto me guardé tal idea para mí. Mientras ella hurgaba en su memoria, yo pensaba en Lea, en que fuera lo que fuera que le había pasado yo no había avanzado ni un paso en encontrarla, todo lo contrario, ahora estaba más lejos, intrigado con una nueva historia que me halaba de una manera que pocas veces había sentido.

Luego de revisar en su teléfono, Raphaella estuvo lista. Las obras completas de Mike Wells estaban conformadas por los dos relatos mencionados, un libro de aforismos del cual al parecer nadie en su familia recordada ni uno solo, otros relatos desperdigados por pequeñas revistas del medio oeste de los cuales no quedan ni los títulos, una novela policíaca, una de misterio psicológico y una obra que a juzgar por lo dicho por Raphaella podía ubicarse en el género del reportaje de ficción. La primera era sobre la desaparición de una persona que llevaba a descubrir toda una red de malas prácticas policiales donde la encarcelación secreta era práctica común para limpiar de indeseables zonas completas de la ciudad. La obra de misterio trataba sobre un adolescente huérfano que a través de hipnosis y regresión desvelaba que había sido abusado sexualmente cuando niño; quienes deciden investigar descubren en el orfanato toda una red de pederastia. De inmediato vi que ambas historias tenían la misma estructura, una situación más o menos casual que da pie a una investigación de un caso específico cuyo resultado es la salida a la luz de una gran conspiración. Por eso imaginé que en la tercera tal vez había algo parecido. En esa última obra, supuestamente se demostraba la completa inocencia de Shoeless Jackson en el escándalo de los Medias Negras de 1919 y además quedaba claro que los Medias Blancas no fueron el primer equipo de la ciudad que vendió la Serie Mundial.

Sin embargo, lo que más me sorprendió de las historias fue la manera distraída como Raphaella narró las tres sinopsis. En su actitud sentí molestia, como si creyera que nos estábamos desviando del tema. Entonces la precisé: ¿De verdad no le parecen igual de sospechosas las historias de los tres libros? Raphaella me miró con cierta alarma, todavía más convencida de que tan solo la estaba importunando. Pero recapitulé parafraseando: Cárceles secretas, es decir, abuso de poder de la policía; pederastia en orfanatos que dada la época seguramente pertenecían a iglesias; equipos de béisbol que venden resultados, es decir, apostadores y fanáticos. A Mike Wells le gustaban los temas controversiales, no me extrañaría que se hubiera metido en más de un problema. Y le hice a Raphaella la segunda pregunta que no estaba lista para responder: ¿Nunca pensaron que pudo haber sido una de esas historias y no *Weeping Sally* la que alguien no quería que se leyera?

A veces solo se necesita una mirada fresca a un problema para que nuevas posibilidades aparezcan obvias y casi estúpidas. Así se sintió Raphaella. Tres generaciones de Marottis empecinados en descubrir al mafioso escritor que celoso o retratado en *Weeping Sally* decidió borrar la obra de Wells del mapa, cuando bien pudo ser un lector de *Shoeless Innocence*, de *The Black Hole* o de *Broken Trinity* el que hubiera iniciado la venganza. Pero habían pasado demasiados años para comenzar de nuevo. Raphaella hizo un silencio no tan largo como me habría esperado y respondió que no, que los tiempos importaban, fue *Weeping Sally* la que comenzó todo. Dicho esto, se entretuvo con su vaso de café vacío.

Se nos hizo tarde y el silencio que se instaló en la pequeña mesa parecía más de cansancio que de incomodidad. Raphaella dijo que tenía que irse y dio por terminada la conversación. Se fue del lugar visiblemente molesta, ofendida.

La seguridad con que Raphaella le atribuía a *Weeping Sally* el destino de Mike Wells me dejó pensativo. No dudaba de la historia, pero sí de las verdaderas motivaciones de los conspiradores. Y con ello, también el destino de Lea se me dibujaba más sombrío. Raphaella me aseguró que con Lea solo hablaron de *Weeping Sally*, pero si había una conspiración las alarmas podían encenderse con cualquier señal, y luego de la publicación del cuento en Caracruz, como bien dijo Raphaella, la organización pudo haberse puesto en pie de guerra en defensa de lo que estuvieran defendiendo. Por momentos me imaginaba a Lea siendo introducida a la fuerza en una camioneta de vidrios oscuros por haber hecho una pregunta impertinente sobre curas abusadores de huérfanos, sobre sitios secretos de reclusión policial o sobre mafiosos con contactos en bibliotecas, pero también podía verla siendo atacada por unos borrachos fuera de control en Wrigleyville o incapaz de defenderse de una novia que furiosa se aseguraba de que nadie le empavara el día de su boda. Eran muchos los derroteros que podrían haber metido en graves problemas a Lea de haberse lanzado por ellos, incluso aunque no los hubiera transitado directamente.

Hablé de nuevo con Margot y con Porras, también con Marco Aurelio y Katherine; nada, cero noticias, Lea seguía tan ausente como cuando envió *Weeping Sally*. En su muro tampoco había indicios salvo de las dimensiones del silencio. Estaba sentado esperando, revisaba los perfiles de Lea con la esperanza de que los hubiera actualizado y de vez en cuando llamaba a su teléfono cruzando los dedos por que estuviera dentro de cobertura y ella contestara. Me sentí de manos atadas, ir a la policía para incorporar en el expediente la posible conspiración sería darles una excusa para que desecharan cualquier intento de continuar la investigación que hayan puesto en marcha. Todo lo que había hecho en realidad era más un simulacro que una acción verdadera y no se me ocurría ninguna otra cosa más que hacer.

La única opción que me pareció tener era concentrarme en Mike Wells; si lo contado por Raphaella era cierto, entonces dando con él tal vez podría llegar a Lea.

Buscar a un escritor es como buscar a un espanto, hay que ir a donde pueden aparecer. Comencé sin mayores complicaciones, frente a mi laptop sentado en un café.

Nada en Google y Yahoo, ni siquiera obituarios o avisos sobre encontrar a los ancestros. Tampoco noticias o entradas de blog. Luego fui a Wikipedia y por supuesto no existía ninguna referencia a Mike Wells, a *Lake Gothic* o a *Weeping Sally*. En Godaddy tampoco había dominio tomado con ninguno de los tres nombres. Se me ocurrió comprar los dominios; si los conspiradores estaban en efecto en guardia, pronto recibiría alguna notificación o visita indeseada.

Ahí tuve mi primera gran duda sobre la veracidad de la historia. A estas alturas, si se quiere crear o recrear un mito lo primero es hacerlo virtual. Un sitio web, entradas de blogs con muchos comentarios, citas y enlaces en páginas cazadoras de clics, una Wiki, imágenes intervenidas para que parezcan tanto sí como no, un video explicativo para darle autoridad al asunto, ayuda de algún pasante subpagado de sitios web prestigiosos para que desde allí salgan un par de notas o referencias, cuentas de redes sociales que se llenan de seguidores, búsquedas que comienzan a mostrar resultados y ya, el mito vive. Por qué los Marotti no hicieron eso, por qué todavía no han comenzado a hacerlo. O la organización a la que se enfrentaban también podía controlar cualquier cosa que se publicara en internet. No, aquello me pareció risible.

Ya con menos ganas, fui a la biblioteca de la ciudad. El nombre Mike Wells no devolvía ninguna cota. Tampoco otras bases de datos, materiales periódicos ni enciclopedias tenían referencias de él o de Weeping Sally. Pero ahí la duda se me presentó al revés. Cuánto vacío hay que encontrar para demostrar la no existencia de algo. Cuántos ejemplos en contrario hay que mostrarle a alguien para convencerlo de que su razonamiento es erróneo. No, no podía parar, no tan pronto. Busqué en el museo de historia de la ciudad, en las hemerotecas del Sun Times y del Tribune, en archivos de transmisiones radiofónicas, en el Salón de la Fama de los escritores de Chicago, incluso recorrí librerías de viejo e iba directo a las colecciones o ejemplares más antiguos que tuvieran, y el resultado fue el mismo: en ningún lugar hallé ni la más pequeña referencia a Wells, a *Lake Gothic*, o al cuento *Weeping Sally*. Tampoco encontré mención alguna del personaje Weeping Sally ni de los otros libros de Wells.

La historia que me había contado Raphaella no me pareció falsa, sí exagerada. No pongo en duda que la familia pensara que en efecto se trataba del mejor escritor de Chicago, así lo habían querido creer, pero pienso que en realidad ni había publicado tanto ni sus publicaciones habían sido tan influyentes como ellos creían. Es probable que la obra de Wells haya desparecido no por una conspiración sino por su propio peso. Sin embargo, los caminos que llevan a la nada también hay que recorrerlos, alguna referencia, alguna mención debió sobrevivir a pesar de la poca calidad o cantidad de lo escrito. Esta búsqueda me puso más frente a la idea de que Mike Wells no existió, o simplemente no escribió. Pero eso me obliga no solo a negar lo contado por Raphaella, también lo creído por Lea, que escribió un cuento en nombre de Wells. La existencia de la nueva versión de *Weeping Sally*, su presencia en el número de octubre de *Caracruz* reivindica a Raphaella y a su tío, los hace ciertos, reales. Si Wells existió o no ya no era el dilema, Lea lo había creado y entendí que mientras ella no apareciera, y sobre todo si no sabíamos nunca más de ella, mi deber era continuar su obra.

Ya tenía los dominios. Los alojé y les instalé el CMS; escribí una versión de lo que me contó Raphaella como biografía de Mike Wells, también un quiénes somos de *Lake Gothic*; después, publiqué el cuento escrito por Lea ahora sí firmado por el tío Mike. Claro que todo ello me tomó varios días, semanas, pero las noches son largas en el invierno de Chicago, y ese era apenas el comienzo. Para el próximo paso tenía adelantada de antemano mucho de la investigación, la historia del estadio y del equipo, los barrios del norte de Chicago en la época, pero igual habrán pasado un par de meses después de publicar *Weeping Sally*. Entonces publiqué el primer cuento de Mike Wells.

A los pocos días Raphaella volvió a contactarme. Su mensaje fue bastante escueto, o quizás todo lo contrario, no manejo con propiedad el lenguaje de los emoticones, apenas 😍 fue todo lo que me dijo.

Decidí que el siguiente paso a dar sería escribir la segunda parte de *Weeping Sally*. Pero mi intención quedó algo trastocada con el comentario que alguien dejó en *Lake Ghotic*: "Qué lindos los viejos tiempos, gracias por recordármelos".

LA REVISTA MÁS PRESTIGIOSA
DE LATINOAMÉRICA
EN EL GÉNERO FANTÁSTICO
Y SOBRENATURAL

Disculpa que te conteste dando lo que te parecerá un gran rodeo, pero para decirte qué sé yo de Weeping Sally necesito irme más atrás a una historia que siempre quise contar y tu pregunta me brinda la oportunidad de hacerlo. Todo comenzó cuando el señor Guzmán, que en paz descanse, decidió vender *Kabalística*. ¿Te acuerdas de ella? La revista más importante de Latinoamérica en el género fantástico y sobrenatural.

Yo, por prejuicio profesional, daba el rumor por falso. Pero con cada nueva versión no confirmada, la venta lucía más y más inminente. Cuando el señor Guzmán nos convocó a una reunión en el restaurante donde celebrábamos las cenas navideñas y los aniversarios de la revista, de inmediato todos supimos de qué se trataba.

El señor Guzmán solo habló lo necesario; recordó los inicios de la revista siempre junto a su esposa, la admirada y recordada señora Guzmán, que Dios la tenga en su gloria, lo difícil que fue superar la pérdida de la que todos considerábamos la verdadera alma de *Kabalística* y la amarga convicción de que el retiro del señor Guzmán significaría el fin de la revista pero que no iba a ser así, él no lo permitiría… Sin mayores detalles anunció la esperada primicia: un grupo de inversionistas, sin mayor experiencia en el negocio editorial pero con buenas ideas de modernización, le habían hecho una oferta que más por su edad que por otra cosa consideró imposible de rechazar. Eso sí, nos dijo, puse la condición de que ninguno de ustedes podía perder su puesto de trabajo.

No hubo más nada que hacer en el lugar, no se trataba de una celebración, no queríamos marcharnos pero tampoco teníamos ánimos para permanecer ahí. El señor Guzmán pagó y se levantó para despedirse de todos uno a la vez, primero María José, la administradora, José Pardo, el jefe de distribución, Aldemaro, redactor, Almalía, redactora, Cherezada, la diseñadora, y por último yo, que en medio del abrazo le dije al viejo que lo admiraba y que nunca lo olvidaría. Gracias, me respondió y se marchó. Nunca más vi al señor Guzmán, nunca volvimos a hablar, tampoco hubo demasiado tiempo para hacerlo: tres años le duró el retiro, María José, Pardo, Aldemaro, Almalía, Cherezada y yo nos rencontramos casi furtivamente en el funeral del viejo.

Pasó una semana entre la cena de despedida y la toma de posesión de las nuevas autoridades. Durante esos días lo único que hicimos fue especular sobre cómo serían los nuevos dueños de *Kabalística*, sobre cuáles serían esas ideas modernas que traerían consigo y si de verdad cumplirían con la promesa que le dieron al viejo de mantenernos en nuestros puestos de trabajo. Pero sobre todo recordamos al señor Guzmán, a la señora Guzmán no porque ninguno la conoció realmente. María José y yo éramos los de mayor antigüedad del grupo y ya para el momento en que comenzamos en la revista, la señora Guzmán apenas era una ráfaga que entraba y salía de las oficinas de *Kabalística* dejando sus reportajes, las historias más fantásticas que uno se pudiera encontrar, siempre con la perfecta combinación entre datos fidedignos, testimonios de la gente, cuentos de camino y la imaginativa prosa de la doña, como le decían los colegas de aquel entonces, que tras la enfermedad y la muerte de la señora Guzmán salieron de la revista casi en medio del duelo, como si no hubiera tenido sentido continuar ahí sin ella. Sin ayuda a disposición, siempre intenté arrimarme a la sombra de la señora Guzmán, de sus artículos y reportajes, escribir como ella, escoger los temas que pensaba que ella habría escogido, y lo que creí que había aprendido fue lo que intenté enseñarle a Almalía, a Aldemaro y también, en la breve e intermitente oportunidad que tuve, a Pedro Cañas. María José y Pardo tuvieron más suerte, pues al estar en la parte administrativa quedaron bajo el mando directo del señor Guzmán, ellos sí que supieron de primera mano de qué se trataba la escuela *Kabalística*.

Si me lo preguntan, hoy diría que el estilo gerencial del señor Guzmán oscilaba entre lo osado y lo irresponsable, pero siempre se las arreglaba para caer de pie. Recuerdo en particular la época en que la situación política del país llevó a una inesperada proliferación de panfletos y libelos. Varios de ellos se distribuyeron a través de las redes de *Kabalística*, pero Pardo tardó en entender que eran esos y no *Kabalística* los que le estaban pagando el sueldo y por tanto tenían prioridad. Llegó el señor Guzmán al Pasaje El Recreo y ahí estaban los fardos del panfleto de turno cuando ya habían salido todas las rutas disponibles solo con el nuevo número de *Kabalística*. Con una capacidad de improvisación que no se vio afectada por la vena hinchada a punto de explotarle en el cuello mientras enrostraba a Pardo con una andanada de insultos que todavía hoy me apena recordarlos, el viejo salió de la oficina y en cuestión de minutos reclutó un batallón de indigentes de Sabana Grande que por una tarde se convirtieron en pregoneros de la más recientemente publicada verdad revolucionaria. Nada de ese estilo y espíritu, yo estaba seguro, entraría por la puerta cuando por fin llegara el momento en que la nueva administración se hiciera cargo.

Seguíamos trabajando supuestamente como si nada, pero cuando entregamos el primer número de la nueva gestión, estuvo lleno de historias de terror en oficinas. Los nuevos dueños no parecieron darse cuenta de ello, distraídos como estaban en mostrar que trajeron consigo misión, visión, organigrama, departamento de ventas y de recursos humanos. Me da pena aceptarlo, pero en ese momento aquello me impresionó. Más todavía cuando nos mostraron un calendario de seminarios, a los que acudí puntual y curioso, sobre el redactor ideal, ganancias y pérdidas, tráfico y métricas, viralidad, riesgos, oportunidades, clientes y mercados. Aldemaro y Almalía asistieron solo al de redactor ideal y los tres entendimos por qué el señor Guzmán había hecho punto de honor en nuestra seguridad laboral.

Después de los seminarios comenzaron las reuniones, una tras otra, día tras día, el redactor ideal al parecer no redactaba porque entre convocatoria y convocatoria quedaba tan poco tiempo que si pensábamos en nuevos temas no escribíamos y si escribíamos no podíamos revisar lo escrito. Aquello, sin embargo, no importaba, número tras número y pronto actualización tras actualización eran cada vez menos los aportes a *Kabalística* de los Cláusula Guzmán, que así Almalía, Aldemaro y yo comenzamos a llamarnos a nosotros mismos, conscientes y convencidos de que nuestra presencia en nómina se debía solo a la condición que puso el viejo a la hora de vender, y entre los tres nos dábamos fuerza para no renunciar, que a nuestro modo de ver ese era el objetivo: "no los botamos, ellos renunciaron, nosotros no rompimos el acuerdo".

Y así continuamos, reunión tras reunión, yo iba a todas, Almalía faltaba cada dos o tres, Aldemaro ya casi ni subía a la oficina del piso 3 del Pasaje El Recreo, prefería quedarse en el McDonald's de la esquina, o recostado de un murito de la calle El Recreo, que en el péndulo de tolerancia aquella resultó época de cero buhoneros. Por eso tuvimos que contarle sobre la reunión más reciente, en la que todos salimos con tarea.

La reunión tenía un solo punto y objetivo: Conquistar el mercado en español de Estados Unidos. Almalía y yo nos vimos las caras con incredulidad. No sabíamos qué estábamos haciendo allí, pero escuchamos con atención cómo el que creo era jefe de redacción, ya yo no estaba seguro del supuesto organigrama, comenzó con una pregunta que se me antojó retórica: "¿Ustedes saben cuánta gente hay que habla español en Estados Unidos?". La respuesta no dio lugar a dudas, "un gentío, y los hemos desatendido". Con ello quedó establecida la meta de entrar en el mercado de habla hispana de Estados Unidos y para ello era necesario que los redactores de la revista propusieran posibles temas de interés para la audiencia objetivo.

En *Kabalística* siempre fuimos tras los temas que nos parecían raros e interesantes, el público nunca fue parte de nuestras decisiones, por lo que no encontré descabellado que alguien haya concluido que habíamos desatendido a un público en específico, y a todos en general, agregaría yo. Pero por primera vez en la historia de la redacción de *Kabalística*, al menos de los Cláusula Guzmán, nos vimos ante el reto de encontrar y producir temas que fueran atractivos a una audiencia que desconocíamos por completo, no por no haberle prestado atención, sino porque en realidad no conocíamos nada de audiencias. Esa tarde en una mesa del McDonald's de Sabana Grande, los Cláusula Guzmán hicimos una tormenta de ideas para llegar a la siguiente reunión con la mayor cantidad de temas a proponer.

Aquello fue en otro idioma. Como si no entendiera una palabra de lo que dijimos, el creo que jefe de redacción desechó cada una de nuestras propuestas y apenas creyó necesario darnos las gracias por el intento. Cuando parecía que ya nadie tenía algo más para decir, Cañas levantó la mano. Nunca había reparado en él, o sí, quizás lo confundía con otros dos. Apenas escuché lo que dijo, pero al parecer aquello fue apoteósico: el jefe de redacción le pidió emocionado que elaborara más su propuesta y que nos la presentara al día siguiente a la misma hora. Al darse la reunión por concluida, Almalía fue la primera que se levantó y en su indignado apuro derramó el vaso de agua que tenía frente a sí.

Almalía no se unió a nosotros en el McDonald's, pero no se perdió de nada, apenas tuvimos ganas de comentar lo sucedido en la reunión. Y por supuesto Aldemaro no subió a la oficina al día siguiente a la misma hora. No me quedó más remedio que escuchar con suma atención todo lo que se dijera para poder resumírselo a mis compañeros de cláusula.

Quizás por haber visto mi cara de perdido, Cañas comenzó recapitulando lo que dijo el día anterior: su papá estudió en la Universidad de Chicago y aunque no hablaba mucho de su época en la ciudad, siempre mencionaba a la sayona del lago, era su manera de asustar a los hijos para que hicieran lo que tenían que hacer: irse a dormir, comer, lavarse los dientes, te va a salir la sayona del lago si no lo haces. Al recibir el visto bueno de la mesa, llamó a su papá para confirmar detalles y este le contó que en efecto, la sayona del lago se aparece en la última boda de la temporada, que coincide con el primer día de mal tiempo del comienzo del otoño en Chicago. El fotógrafo contratado para ese gran día realiza una sesión de fotos con la novia hermosa y cuidadosamente trajeada que está en espera de un futuro marido que nunca llega porque murió en el camino. Al momento de revelar las fotos, el fotógrafo descubre que la novia tampoco estaba viva y se encuentra de frente con la cara de la muerte, una visión que nadie puede resistir, por lo que fallece al instante.

Tratando de dárselas de enterado, el jefe de la mesa le preguntó cómo la leyenda se había adaptado a la fotografía digital, pero Cañas no respondió y no pude descifrar si había ignorado la pregunta adrede o por casualidad; eso me gustó, este Cañas tiene algo que no le veo al resto, recuerdo que pensé. Y de pronto, el tema obtuvo un cien por ciento de aprobación de la mesa y yo me quedé pensando sobre qué habría pasado si la aprobación solo hubiera alcanzado el ochenta por ciento y, sobre todo, cuál sería el siguiente paso. Mi segunda inquietud al parecer era colectiva y quedaría aclarada a la misma hora al día siguiente, no se pierdan el desenlace, amiguitos, no pude evitarlo, aquello lo dije en voz alta y la risa casi unánime de los presentes me permitió resistir la furiosa mirada del que muy probablemente era mi superior, solo que como nadie me daba instrucciones no podía estar del todo seguro si lo era. En la puerta de la sala de reuniones casi choco con Cañas que me dio paso con un gesto que aprecié aunque ya en las escaleras me ofendió toda esa cordialidad del ganador.

Por supuesto a esa nueva reunión sí asistió Aldemaro puntual, y también estuvo presente Cherezada, que nos puso al tanto de la renuncia de Almalía, aunque no nos dio mayores detalles, interesada en contarnos que a ella le estaba yendo muy bien, el diseño web es el futuro, saben, y nos contentamos por ella con total sinceridad, me alegró escuchar, estoy seguro de que a Aldemaro también, a una Cláusula Guzmán hablando con entusiasmo del futuro. La conversación con Cherezada terminó con la llegada del jefe de mesa que decidió comenzar donde había terminado el día anterior: mirándome con odio. Pero junto a él entraron otras dos personas y con alegría pude ver que una de ellas era María José, solo faltaba Pardo para que la Cláusula estuviera completa, al menos los que todavía estaban en *Kabalística*.

Para mi sorpresa, no habló el jefe de mesa sino el que entró después de él y lo hizo sin considerar necesario que lo presentaran o le cedieran la palabra. Y le habló directamente a Cañas, como si los demás no estuviéramos allí presentes. Do you speak English? le preguntó y luego de un ostensible titubeo Cañas respondió que sí. Entonces le informó, y todos los demás pudimos enterarnos, que la historia de la sayona del lago sería clave en la entrada de *Kabalística* en el mercado hispano de Estados Unidos. Para ello, Cañas tendría a su disposición todos los recursos necesarios para producirla. Y antes de que pudiéramos preguntarnos qué significaba tener a disposición todos los recursos necesarios, ya el boleto aéreo para Cañas estaba deslizándose hacia él mientras le pedían que fuera obsesivamente puntual al acudir a su cita de visado en la embajada estadounidense.

Aldemaro, Almalía, que no sé cuándo se apareció, y yo nos sentamos en el McDonald's derrotados y nostálgicos, recordando cual Odiseos envejecidos cada uno de nuestros viajes para *Kabalística*: hablábamos de las aventuras vividas con orgullo heroico pero de inmediato habríamos puesto la renuncia si nos hubieran exigido repetirlas. Cada uno tenía dos o tres cuentos sobre haber pasado noches en vela tratando de descubrir lo que unos lugareños confundían con el chupacabras; bastan tres horas en pleno monte muriéndote de frío o de calor entre mosquitos y culebras para darte cuenta de que el chupacabras es todo lo que te rodea. Y ahora en esta nueva etapa en la cual no estábamos incluidos sino como mirones de un dominó que no entendíamos, éramos testigos de un viaje que un tal Cañas iba a hacer con todos los gastos pagos para encontrar fantasmas en bodas de Chicago. Nos unía la envidia y eso no es agradable, bueno, al rato deja de serlo, después comienzas a sentirte culpable y esa culpa nos impidió reunirnos de nuevo en el McDonald's o en cualquier otro lugar.

Cuando vi a Cañas mirando los instrumentos musicales de la tienda de música del Pasaje, no pude sino odiarlo por el viaje que iba a hacer, por haber propuesto un tema que me hubiera gustado escribir a mí y por haberle puesto punto final sin que todavía lo supiéramos a las reuniones de los Cláusula Guzmán. Para mí sorpresa, apenas pasé a su lado rumbo al ascensor, el muchacho me saludó hablándome de usted y poniendo el señor delante de mi apellido. Yo no me detuve para responder su saludo, pero él se unió a mí en la corta caminata al ascensor. Como siempre, la espera fue larga, también un poco incómoda porque se notaba que Cañas quería hablarme pero no se atrevía y yo no iba a romperle el hielo solo porque me estuviera mostrando una amabilidad que nadie me había mostrado desde la llegada del nuevo régimen.

El ascensor del edificio del Pasaje El Recreo ponía a prueba la paciencia de cualquiera y Cañas se aprovechó de eso para intentar una conversación, este es el ascensor más lento del hemisferio occidental. Te equivocas, le respondí, hay uno más lento en Roma, Texas, te diría que aprovecharas tu viaje pero ya le hicimos una nota en *Kabalística*. Pensé que había sido antipático lo suficiente, pero el muchacho se rio con ganas y dijo que el segundo ascensor más lento del hemisferio occidental bien merecía su propio reportaje en *Kabalística*. Entonces me reí yo, bueno, medio sonreí, se abrieron las puertas del ascensor y en unos pocos pasos ya estábamos en la oficina de la revista, que tenga un buen día, gracias, igual para usted.

Con Almalía fuera y Aldemaro presumiblemente sentado en algún otro McDonald's, terminé agradeciendo el absurdo cronograma de reuniones. Todas eran iguales. Alguien proponía un tema y el resto le buscaba las debilidades con una saña sin objetivo, al menos sin objetivo claro para mí. Luego, cuando leía las notas ya publicadas no veía mayores atributos en el blindaje que supuestamente habían adquirido tras las sesiones, todo lo contrario, me parecían notas faltas de vida, escritas como por una inteligencia artificial primitiva. En el fondo, me habría gustado que alguna de mis ideas hubiera sido sometida a semejante prueba, tanto para saber cómo reaccionaba ante la impiedad de los mediocres como para ver qué resultaba luego de escribir incorporando sus blindajes.

Pero mis propuestas eran tan pobres que ni siquiera llegaban a la mesa y por ello continuaba languideciendo en mi viejo escritorio. En algún momento se me acercó Cañas y esperó a que lo viera, quién sabe cuánto tiempo estuvo ahí, yo ya me había acostumbrado a no hacer contacto visual. ¿Puedo invitarle un café al salir del trabajo? ¿Puede ser ya?

Bajamos no por el ascensor, que la lentitud de subida uno la soporta, la de bajada no tiene mayor sentido, y caminamos al centro comercial El Recreo donde nos instalamos en unas anónimas sillas, las primeras que encontramos vacías. El muchacho quería preguntarme o pedirme algo, lo intuí desde el día que nos encontramos frente a la tienda de música, probablemente me estaba esperando esa vez, así que en esta oportunidad lo obligué a no dar rodeos, ¿qué te traes conmigo?, pero igual los dio.

Yo he estado revisando los números viejos de *Kabalística* y he leído sus artículos, me dijo, y algo como eso quisiera hacer con lo de la sayona. No puedo negar que la idea de dejar escuela, o continuarla pues yo no hice mucho más que imitar a la doña, me llenó de orgullo, pero no lo suficiente como para sacarme algo diferente a un lamento, lástima que tus jefes no opinen lo mismo.

Cañas me miró con seriedad y esperó a que tuviera toda mi atención. Entonces me confesó que no tenía ni idea de lo que iba a hacer en Chicago porque ni siquiera sabía lo que estaba haciendo aquí, yo era vendedor de medias panty, por eso estoy en *Kabalística*. Aquello no me lo esperaba, bueno, nadie se lo hubiera esperado y él sabía que semejante confesión ameritaba que se extendiera, por lo que continuó hablando sin que yo tuviera que pedirle que se explicara.

Era el producto perfecto, nada que hacer salvo poner el muestrario en el escritorio, las medias se vendían solas. Una vez a la semana, Cañas tomaba su muestrario y los pedidos a entregar y visitaba las cuatro oficinas que había encontrado donde el código de vestimenta obligaba a las mujeres a usar falda pero sin mostrar las piernas. Entonces se sentaba y mientras escuchaba historias de hilos de media que se iban en el momento más inoportuno, entregaba pedidos y anotaba los nuevos para regresar la siguiente semana en la que las mismas mujeres hacían el mismo pedido porque no importa la calidad, las medias panty siempre se van, las mejores simplemente se van un poco más lento, y hay que reponerlas. Cañas tomó un aire melancólico y me dijo que nunca había sido tan exitoso, pero tuvo que dejarlo, un producto importado, el dólar siempre en ascenso, los precios cambiando todas las semanas, cada vez mayores dificultades para reponer la mercancía, desde entonces Cañas ha intentado encontrar sus nuevas medias panty sin éxito.

Pero con el tiempo descubrió que algunas de sus clientas extrañaban no tanto al producto sino a él, y le ofrecieron algún trabajo, entre ellos este como redactor de la sección digital de la revista que el grupo financiero acababa de comprar. No sé por qué acepté, pero al menos me saqué un viajecito.

Mi carcajada hizo voltear a todo El Recreo. Desde el primer momento que los vi entrar en la oficina supe que estábamos en malas manos y sin embargo no supe cómo defenderme, cómo protegerme de la impotencia frente a tanta estupidez con poder de decisión sobre mí. La historia de Cañas era justo lo que necesitaba, era el hilo que se iba para dejar desnudo al rey. Le agradecí su honestidad y me convencí de que valía la pena ayudarlo, pero primero tenía que aclarar un punto que me incomodaba desde que lo escuché contar la historia de la sayona del lago.

La pregunta lo ofendió. Con la voz quebrada de la rabia me dijo que el dato era fidedigno, que creció aterrorizado por la sayona del lago y que su papá vivió varios años en Chicago y allá supo de la leyenda. Cuando nos pidieron temas no estaba seguro de proponerlo, me daba miedo que me dijeran que era una pendejada. Tuve que tranquilizarlo, no era nada personal, tengo unos cuantos años trabajando en una revista sobre lo fantástico y lo sobrenatural, por experiencia personal te digo que muchas de nuestra fuentes caen en esos mismo géneros.

Le pedí que me hablara sobre su experiencia y en efecto no tenía ninguna, apenas los posts que en el fondo no eran sino plagios poco imaginativos y la vaga idea de que una persona vio en Cañas alguna característica que podría resultar útil en esta nueva y desconocida ala del negocio. Cuál crees, le pregunté, que pudo ser esa característica. Se lo pensó un par de segundos y dijo que él era buen oyente. Entonces escucha a la gente que las historias aparecerán.

Pero Cañas tenía ante sí probablemente el reto más grande de su vida y su principal talento bien podría no servirle. Cómo se escucha a la gente en un país ajeno, en un idioma que no es el tuyo, se preguntó Cañas y luego insistió en que estaba muy asustado, que no sabía qué hacer, no sabía por dónde empezar, cómo se va en busca de una leyenda, de un rumor. Yo solo fui capaz de contarle una anécdota, la vez que un taxista de San Cristóbal me preguntó si conocía aquel dicho, así lo llamó, de "soy como el oso: feo pero sabroso" y le respondí que claro, quién no conocía aquella rima sin sentido, esa parte no se la dije, entonces me confesó: "Yo lo inventé". Buscar una historia de aparecidos es como buscar el origen de un rumor o de un chiste. La historia va pasando de boca en boca, a veces por años, y desandar el camino hasta su fuente inicial, hacia el evento que la originó o la primera persona que la contó, puede ser una tarea imposible. Pasé varios años, le conté a Cañas, buscando indicios de si el taxista me dijo la verdad o si simplemente se había buscado un delirio que nadie pondría en duda por su falta de grandeza. Y al final de esos años no estuve ni más cerca ni más lejos de confirmar o desmentir al taxista, pero hubiera podido escribir un libro al respecto. En *Kabalístika* la mayoría de las veces lo que hacemos es eso, bueno, lo que hacíamos, hablamos de la búsqueda, quizá no se trate de la historia original, pero es una historia en sí misma.

Cañas se sintió algo más tranquilo y me preguntó si podía usarme de contacto mientras estuviera en Estados Unidos, que seguramente necesitaría mucho consejo para poder sacar adelante el reportaje. Le dije que por supuesto, que podía escribirme cuantas veces lo necesitara.

Sonó el teléfono de Cañas, era su novia, me dijo, ya viene a buscarme, y antes de que la novia llegara me habló de sus planes, los mismos que ella confirmó momentos después, ella habló del viaje, de lo importante que era para ellos y lo agradecidos que estaban de que estuviera ayudando a Cañas a hacer un buen trabajo. Le eché la culpa al velo que habían puesto entre los Cláusula Guzmán y el resto de la compañía por la completa perplejidad con que los escuchaba hablar y de las expectativas que tenían sobre el trabajo en *Kabalística*. Esas expectativas pronto serían defraudadas, pero en ese momento ninguno de los tres lo sabíamos y la pareja se despidió contenta y entusiasmada.

Dos días después, Cañas pasó por la oficina despidiéndose de todos y al tocarme el turno insistió en que pronto me escribiría. Aquello llamó la atención de varios de los que estaban a nuestro alrededor. Me di cuenta de que el premio por haber traído una buena idea a la mesa se consideraba exagerado o inmerecido y que Cañas estaba viajando con una maleta extra de rabia y envidia; también comprendí que el exceso de equipaje lo estaba pagando yo, como si necesitara un peor ambiente de trabajo.

Fue justo eso lo que llegó, aunque no solo para mí. La nueva *Kabalística* crujió hasta los cimientos con los resultados más recientes tanto financieros como de lectoría. El fracaso, que a algunos se nos mostraba con la evidencia de la intuición, ahora tenía números pero no culpables. O sí, los culpables de siempre, los redactores que no encontraban temas interesantes, los redactores que trataban los temas interesantes de maneras poco atractivas, los redactores que no entendían que las maneras atractivas de escribir hay que acompañarlas con una intensa promoción y por supuesto los antiguos vicios que todavía no se habían erradicado del todo. Ese punto era obvio que se refería a los Cláusula Guzmán y habría tratado de defenderme si no hubiera sido por la discusión que se armó entre los jefes que se suponía lo eran de distintas áreas de responsabilidades pero que yo no tenía muy en claro cuáles eran. Se hicieron las acusaciones propias en situaciones como estas, que si el cargo te quedó grande, que si tus ideas son pura basura, que si contratas piratas obtendrás resultados piratas, que si estamos en el siglo XXI pero tú crees que son los 60, hippie, yuppie, ñángara, neoliberal y así, mientras los eslabones pequeños no sabíamos qué hacer.

Cañas nunca me escribió. No sé qué fue de él ni de su novia. En *Kabalística* todavía tenían expectativas sobre lo que Cañas traería de vuelta tras su viaje, pero se quedaron esperando. Bueno, ni tanto, le exigieron volver de inmediato y le cancelaron dos días antes de lo previsto la estadía en el hotel sin hacerse responsables de que Cañas pudiera adelantar la fecha del pasaje. "La última esperanza" dijeron justo antes de revelar que el plan de expandir *Kabalística* al mercado en español de Estados Unidos quedaba abortado. Los costos de distribución estaban fuera de nuestro alcance incluso aunque hubiéramos estado en tiempos de bonanza económica. Intentaron culpar a Cañas y alguno habló hasta de demandarlo, pero los problemas de la revista se agudizaban al minuto y luego de la sorpresa y disgusto inicial cuando se enteraron de que habían perdido todo contacto con él y que lo más probable era que no regresaría, pronto nos dimos cuenta de que nadie lo iba a extrañar, en unos días nadie se acordaría de él.

Los recortes comenzarán de inmediato y no creo que la Cláusula nos proteja tanto, fue lo que me dijo María José en el McDonald's. Aldemaro en efecto ya no pasaba por ahí y María José me puso al tanto de que Pardo fue el primero, bueno, segundo después de Almalía, en abandonar el barco, con aquello de que el futuro era digital él no tenía absolutamente nada que aportar. Y el presente, le pregunté a María José. El presente es negro.

Ya la situación en Kabalistika era insoportable, los recortes de gastos habían llegado al punto de cerrar el baño de la oficina para ahorrar en agua y la única razón por la que quedaban algunos redactores en la plantilla era porque todavía necesitaban quien les escribiera algunos artículos para la revista y otros para internet, que a esas alturas me parecían dos cosas completamente distintas. Pero igual cada uno de nosotros tuvo su reunión privada donde aceptamos la cancelación de promesas y la eliminación de beneficios en nombre de un futuro que todavía nos proyectaban prometedor. La mayoría no veíamos otras opciones, así que aceptamos sin mayores objeciones, sin saber que lo que hicimos fue comprar un boleto en primera fila para ver el absurdo y abrupto desenlace de la obra.

La redacción, por supuesto, fue la última que se enteró. Por principios contables por desgracia comúnmente aceptados, las deudas que los inversionistas adquirieron para comprar la revista pasaron al balance de *Kabalistika*. Aquello se volvió por completo impagable, el paso a internet no traía ningún tipo de ingreso y el intento por entrar en el mercado hispano de Estados Unidos multiplicó las pérdidas de la versión impresa. Uno de los socios, no conforme con haberle endosado su deuda a *Kabalistika* decidió sacar algo de aquella nefasta experiencia de negocios. Una noche, imagino que con ayuda de gente de confianza, se llevó todo lo que podía y que creyó de valor de la oficina de *Kabalística*. Otro de los socios, no sé si eran solo dos, intentó protegerse del robo con ayuda de un tribunal y una orden de embargo que le permitió hacerse con lo que el otro había dejado. Lo cierto es que llegamos un lunes y no pudimos entrar en las oficinas. Ya no nos pertenecían ni los archivos de los números anteriores, ni siquiera los personales, que para mi mala suerte yo mantenía en la oficina ya que continuamente los utilizaba de referencia y tenía en ellos numerosas notas y fichas.

Luego de muchas diligencias en tribunales y policía de las partes afectadas, se pudo volver a entrar en las oficinas de *Kabalística* tan solo para confirmar que, como dice la canción, por no dejar no dejaron nada. Ni un solo número, ni un solo disco duro, ni una agenda con viejas anotaciones y números de teléfono. De mi trabajo y del de todos los redactores de *Kabalística* no quedaba ni el recuerdo. Escribíamos sobre fantasmas y terminamos siendo fantasmas. Quizás algún día intente recuperar la colección de *Kabalística*, pero en ese momento lo tomé como una llamada de atención del destino: no solo se trataba de llamar a un par de amigos y conocidos para ubicarme en otra sala de redacción, tenía que comenzar una nueva trayectoria profesional y aquello, por supuesto, me agobió.

El primer ataque de ansiedad me dio precisamente actualizando mi currículo. De pronto comenzó a faltarme el aire, intentaba respirar pero con cada inhalación sentía que la tráquea se me cerraba un poco más. Luego, el brillo de la pantalla se me hizo insoportable, me encandiló hasta que solo veía una mancha amarilla, como si hubiera tratado de ver el sol. Comencé a calmarme solo después de que con dificultad me levanté de la silla y tropezando con todo lo que se interpuso en mi camino salí del cibercafé.

Después de aquel primer ataque vinieron por lo menos cuatro más antes de que pudiera establecer la relación entre la falla respiratoria, la fotofobia y sentarme frente a la computadora. Llamé a un amigo médico, bueno, no amigo, conocido, hijo de una amiga de mi mamá, y fue cuando escuché el diagnóstico de los ataques de ansiedad, tenía que romper el circuito, algo así me dijo en consulta telefónica informal y por supuesto no necesité segunda opinión, que tratara de reconocer lo que disparaba el ataque y así atajarlo antes de que sucediera, que si ello no servía entonces habría que hacer algo más, incluso la medicación. Pero yo sabía muy bien qué me estaba disparando los ataques. Así que intenté mantenerme por completo alejado de la computadora por un tiempo y luego volver a ella poco a poco, sabiendo lo que podía venir, respirando profundo mientras Windows se iniciaba y bajándole el brillo a la pantalla hasta el punto en que casi no se podían distinguir los íconos del escritorio.

Conseguí trabajo como vendedor ambulante, ningún producto que se pareciera a las medias panty de Cañas, pero sí pude hacer una entrada decente de dinero visitando oficinas donde funcionarios y empleados superocupados dejaban para último minuto cualquier compra que tuvieran que realizar. Con el tiempo, me atreví a complementar mis ingresos con colaboraciones para sitios web, no sé si haya algo de ironía en ello.

Todavía ciertos modelos de computadora y de monitor, por suerte ya muy poco comunes por obsoletos, me disparan los ataques, pero ya están bastante bajo control. Por eso, ahora paseo por internet sin miedo y con tranquilidad, entonces llegué a *Lake Ghotic*, leí *Weeping Sally* y dejé el comentario. Cuando me respondiste, vi, como te dije, la oportunidad de contar esta historia. Ahora que la escribí, creo que te mentí en el comentario, no fueron tan lindos los viejos tiempos.

¿DE VERDAD MIKE WELLS LANZÓ LA PRIMERA MALDICIÓN?

Las ciudades cambian y a punta de rutina van borrando los recuerdos de cómo eran antes: pasas tanto por los mismos lugares que la nueva fachada se superpone hasta sustituir la anterior también en la memoria. Por eso, son los lugares que frecuentamos poco, o mejor, los que dejamos de frecuentar, los que nos muestran la magnitud de la transformación. La última vez que me paré en este sitio, Sheffield con Addison, la cabra estaba viva y la puerta seguía siendo la de los elefantes aunque desde tiempos ya casi inmemoriales ningún circo la utilizaba. Era una puerta grande, como para que pudiera entrar un camión, que llevaba a otra puerta igual y que daba acceso directo al terreno de juego. Las dos puertas eran de alambre tejido y estaban separadas por un pasillo que los asistentes al juego podían utilizar para circular entre zonas de servicios del estadio. Cualquiera que caminaba rumbo a la sección donde tenía sus asientos asignados de pronto se encontraba con una vista directa a la espalda del jardinero derecho, la tentación de quedarse parado ahí viendo el juego era demasiada, pero de inmediato un guardia, al parecer asignado a esa única labor, lo mandaba a desplazarse. Yo no solía estar en el pasillo sino del lado de afuera, viendo los juegos desde la calle a través de la limitada visión que la doble puerta me daba: el right fielder, el primera base, el lanzador, el receptor, el bateador y el eventual corredor en primera. Cuando los batazos iban hacia el centro o el lado izquierdo del terreno, tenía que reconstruir la acción a través de los movimientos de fildeadores y corredores. Así vi muchos juegos, nunca completos, que uno podía a lo sumo acodarse de una barrera policial y no hay cuerpo que aguante esa posición por el largo de un partido de beisbol. Pero en todos y cada uno, cuando el guardia mandaba a circular a un asistente en el pasillo, yo desde afuera le daba las gracias al guardia, que carne de burro no es transparente y no deja ver a los que no pagamos.

Pero ya la puerta no es como era antes, el estadio ha cambiado mucho en los años recientes, es cada vez más lujoso y cómodo, y aunque probablemente la doble puerta haya sido transformada por todas las reformas que tuvieron que realizar para mover los bullpens de los lados laterales a detrás del outfield, la sensación que me queda es que lo hicieron para que los pocos que aprovechábamos para ver un poco de beisbol gratis ya no siguiéramos haciéndolo.

Vine hasta la calle Sheffield en un pequeño desvío, no estoy en el área para visitar recuerdos propios sino ajenos, doblemente ajenos. Luego de recibir el largo correo del viejo redactor, así se identificó, los huecos y callejones sin salida en la historia de Weeping Sally se multiplicaron hasta casi aturdirme. Era como si siempre fuera alguien más quien contó la primera versión del mito. Cualquier pesquisa parecía destinada a encontrar una versión ligeramente cambiada de la leyenda.

Volví a visitar a Porras para comparar años y llegué a la conclusión de que el Cañas de Porras y el de *Kabalística* eran el mismo. Entonces lo presioné, usted se refirió a Cañas como Cañitas, ¿conoció usted a su padre, pudiera haber confundido a uno con el otro? Porras me juró que solo conoció a un Cañas, el parquero y ayudante de fotógrafo al que se lo llevó la migra, y también juró por Diosito mío y mi virgencita de Guadalupe que nunca escuchó hablar a Cañas de su papá. Cañas tenía planes, quería hacer business, me contó Porras que en los pocos ratos libres que le dejaban sus dos trabajos Cañas se dedicaba a investigar productos, quería encontrar algo que fuera fácil de vender, algo con tales características que los clientes fueran frecuentes y donde no necesitara hablar demasiado para captar nuevas ventas, que no quería dañarlas con su poco inglés. Hasta lo escamearon una vez y eso lo cabreó bastante. A quién no, fue lo único que pude agregar.

En ese momento estuve seguro de que Cañas ni siquiera intentó buscar a Weeping Sally, tal vez al que buscó fue al viejo Marotti, el papá de Raphaella, para que él o algún otro fotógrafo le diera trabajo tal como quizás se lo dieron a su padre años atrás. O quizás nunca trabajó de ayudante de fotógrafo o de parquero. Tal vez decidió robarle la anécdota a su papá para tener algo que contar al llegar del inexistente trabajo. Lo que estaba muy claro era que la historia que Cañas le contaba a Porras sobre Weeping Sally no le estaba sucediendo a él y a Porras le cayó encima una pesada loza al enterarse.

Porras me acompañó hasta la puerta y señaló unas bolsas, las cosas de Lea, "espero un mes más y las llevo a la iglesia". Me detuve frente a ellas como si de un pequeño altar se tratara. Ya en ese momento me abstuve de hacerle algún comentario sobre lo que estaba pasando, sabía que su única respuesta podía ser 'herejías'. Qué diría ahora. Que llegamos muy lejos metiéndonos con espantos. Todavía yo quiero descubrir, entender, descifrar qué le sucedió a Lea, cómo sucedió, pero los detalles me abruman y cualquier posible explicación que adelanto se me hace absurda e imposible de creer.

Pocos días después le conté al viejo redactor lo de Porras y Cañas y le pregunté si por alguna remota casualidad volvió a entrar en contacto con Cañas o su novia, yo creo, le escribí, que la pareja había planeado desde el principio que Cañas se quedara en Estados Unidos. El viejo redactor negó por completo esa posibilidad, todo sucedió demasiado rápido, fue durante el viaje que Cañas tomó la decisión de quedarse. Entonces me dijo que sí supo de Cañas durante el viaje, una vez, justo después de que los jefes de *Kabalística* decidieron dejar de pagarle no solo el hotel sino cualquier otro gasto que hiciera durante el resto de su estadía en Chicago.

Cañas se quedó en la calle. Por suerte tenía algo de efectivo y la tarjeta del CTA vigente por varios días más. Sin saber muy bien qué hacer terminó dando vueltas por el Loop, un turista más en la ciudad. Cansado y con algo de frío, decidió entrar en Union Station y ahí se quedó horas sentado en el gran salón a la espera de un tren que no llegaría porque en realidad no estaba esperándolo, no tenía pensado ir a ningún lugar. Pero la estación iba quedándose más y más vacía conforme se hacía más tarde y aquello no le gustó a Cañas, no quería llamar la atención de un guardia o un policía que lo obligara a explicar su situación, faltaba mucho todavía para su supuesta partida. Cuando escuchó la última llamada del tren a Georgia decidió salir de la estación y caminar por la ciudad como quien quiere llegar a casa porque se le hizo tarde, hasta que el ritmo citadino volviera a permitirle camuflarse entre pasajeros y transeúntes. Bajó por la calle Jackson hacia el lago y en Clark vio el autobús 22 deteniéndose en una parada. Reaccionó sin pensar, metido por completo en papel, y corrió agitando los brazos para que la conductora no arrancara, subió al autobús y en el letrero que informa la ruta y el horario leyó que el autobús 22 funcionaba las 24 horas. Se sintió con suerte y entonces decidió que ahí pasaría los próximos días, en el autobús de la calle Clark, bajándose cada cierto tiempo para dar una vuelta, ir a algún baño público y volverse a montar.

En Clark con Addison le echo un último vistazo al cada vez más imponente estadio. Donde antes había un estacionamiento ahora hay una plaza y un centro comercial. La estatua de Mr. Cub, Ernie Banks, antes lucía fuera de lugar, como dejada ahí mientras le encontraban su destino final, ahora se ve empequeñecida, insignificante, igualmente fuera de lugar pero como si estorbara, no a la espera de mejor destino sino de que terminen de deshacerse de ella. Camino hacia el sureste y pronto llego a la esquina de Clark con Belmont. Cañas le comentó de esa esquina al viejo redactor, del Starbucks abierto también las 24 horas que le sirvió de parada técnica durante la larga jornada. Fue aquí donde Cañas decidió no tomar el vuelo de regreso. Eso le confesó al viejo redactor en su mensaje y le pidió que no se lo dijera a nadie, cosa que el viejo cumplió durante años hasta que me lo contó a mí.

Agradecido por la confianza y con la esperanza de que

surgiera otro dato no compartido, le resumí al viejo redactor todo lo que había sucedido hasta ese momento, todo lo que sabía sobre Weeping Sally, Mike Wells, Raphaella Marotti y Lea Suárez, le di los nombres completos para que le picara la curiosidad; en un aparte de su anterior correo dijo que la verdadera vocación de los redactores de *Kabalístika* era de cazadores de misterios, donde las historias presentaban alguna oscuridad, por ahí se metían a indagar hasta que encontraban la verdad oculta o la nada, que muchas veces ese era el único resultado. Hasta ahora ese era mi resultado, al menos eso sentía yo, con nada concreto sobre ninguno de los protagonistas de la historia y con la cada vez más definitiva desaparición de Lea. Esperaba que el viejo redactor encontrara algo de su antigua vocación y se arrojara por alguno de esos callejones oscuros que yo veía por todas partes. Pero pasaron varios días sin que me contestara y cuando lo hizo su reacción no pudo sino sorprenderme: Nunca me hubiera imaginado, así mismo escribió, que Mike Wells fue el primero que maldijo a los Cubs.

No amplió su comentario ni dio alguna otra explicación, simplemente al parecer dio por cierto el cuento de Mike Wells que yo había escrito y publicado bajo su nombre. De pronto, de la manera menos esperada, Mike Wells cobraba un poco más de vida. Ya no solo habían dos cuentos firmados por él sino que uno era autobiográfico y lo daban por verdadero. Me costó procesar ese giro. Para mí, el viejo redactor estaba jugando conmigo, quizá era su forma de decirme que le gustaba mi manera de escribir, o todo lo contrario, cómo saberlo, vía internet la ironía suele quedarse en el camino. Pero decidí que aquello era una invitación a continuar de parte de alguien que conocía el oficio. Entonces me senté a preparar el segundo número de *Lake Ghotic*, que por supuesto constaba de un solo texto, la segunda parte de *Weeping Sally*, que titulé *La aparición*, otra vez firmado por Mike Wells.

Menos de un día después de publicada *La aparición* tenía en mi correo el reclamo de Raphaella, no por haber utilizado su nombre como el de la fotógrafa protagonista del cuento sino por haberlo firmado como Mike Wells. "Mi tío no escribió ese cuento. No pudo hacerlo. ¡No entendiste nada!". Hasta amenazó con demandarme por plagio y robo de identidad. Me asusté, lo que me faltaba en esta historia era terminar con una demanda y la necesidad de buscarme un abogado. Pero el mejor remedio contra las reacciones inmediatas es dejarlas pasar. Varios días después fue ella la que me volvió a escribir; me ofrecía disculpas por el correo anterior diciéndome que entendía por qué había escrito La aparición, solo que ese cuento no debería existir, para ella la misión era recuperar la obra de su tío, no inventarle una nueva.

Leí varias veces ese segundo correo y con cada nueva lectura aumentaba mi perplejidad. Según ella, este, el tercer cuento, era el falso, los otros dos no, por algún acto demiúrgico Mike Wells había vuelto de la muerte para escribir de nuevo esos dos cuentos, pero no para escribir el tercero. Le respondí a Raphaella lamentando que mi extralimitación la hubiera ofendido, pero le expliqué que era importante no solo recobrar la obra escrita de Mike Wells sino el mito completo de Weeping Sally y del propio Wells, para ello era fundamental ese segundo número de *Lake Gothic*. No sé si quedó convencida o se tragó su frustración, después de todo, la tarea original que se había impuesto Raphaella y toda su familia quedó en manos de otros por pura desidia de su parte, cualquier insatisfacción frente al rumbo que estuviera adquiriendo la historia de su tío era producto de la falta original, la suya. Lo cierto es que más nunca volvió a escribirme y yo preferí tampoco hacerlo.

Pero ya no era necesario, yo entendí lo que tenía que hacer. Para el tercer número de *Lake Gothic* no escribiría Mike Wells, lo haría Lea Suárez contando, tal y como me habría gustado que lo hubiera hecho para el número de *Caracruz*, su búsqueda de *Weeping Sally* por las calles y plazas de Chicago. Pero el texto se me escapaba, se escondía tal como lo hizo Lea. Solo pude narrar por dónde pasó y las cosas que creo que vio, o que no pudo ver, lo que quizás era en realidad las cosas que yo no vi y las que no sería capaz de ver en adelante, desde el momento en que pulsé el botón de publicar.

El texto *Aquí no encontrarás a Weeping Sally* fue poco a poco agarrando la fuerza que ninguna bola de nieve ha tenido alguna vez en Chicago. El fenómeno comenzó no por el texto en sí sino con la primera fotografía que dejaron en los comentarios. "Yo te vi" decía el comentario como única explicación y en efecto, en la foto se podía ver a Lea en una esquina, robando tiro de cámara en lo que no era sino una toma en exteriores bastante convencional de novia y novio abrazándose enamorados. Pocos días después compartieron la segunda foto, en la que Lea apenas se insinuaba detrás del cortejo, pero sin duda era ella. Pasó más de mes y medio antes de que colgaran la tercera y a partir de ahí sí se desbocó. Hasta Raphaella, en un gesto que quise leer como de reconciliación con esta nueva parte de la historia, colgó varias fotos de aquel encuentro: aunque la niebla borra un poco a Lea se le ve cámara en mano ella misma tomando fotos, en una incluso apuntando directamente a Raphaella. También aparecieron fotos no precisamente de las sesiones sino durante ellas, tomadas con el teléfono de alguno de los miembros del cortejo o por la madrina, y hasta por turistas o espontáneos a los que algo les llamó la atención y dispararon. En uno de los comentarios más recientes se ve a Lea apenas insinuada detrás de cuatro caras sonrientes en un selfie grupal.

De Clark con Belmont camino hacia el lago y llego a la bahía de Belmont. Los colores primaverales de Chicago invitarían a la gente a tomarse fotos en este lugar, pero hoy no, con lo traicionero del clima de esta ciudad muchos festivales y fiestas de barrio tuvieron que cancelarse. Hoy es un día en el que pudiera aparecerse Weeping Sally. Llego hasta el borde del lago y camino por esa especie de gradas dispuestas para observar algún espectáculo; el espectáculo es el lago en sí, las olas que se levantan con el mal tiempo como si de un mismísimo océano se tratara.

Pero Weeping Sally no se presentará, no hay quien la fotografíe ni pregunte por ella. Tampoco por Lea. Mañana tal vez, el pronóstico dice que habrá sol y las temperaturas estarán en los 70. Si de verdad el día resulta primaveral, en este y otros lugares de la ciudad se llevarán a cabo sesiones con novias, novios, madrinas, padrinos y cortejos. No creo que hará falta que yo o alguien más pregunte por Lea, a ella le gusta este clima. En el momento de cropear alguna foto, con toda seguridad el fotógrafo se encontrará con su presencia. Lo digo por las fotos que han comenzado a aparecer en los ya casi mil comentarios que tiene el texto. Son de esta primavera, como si Lea solo hubiera estado hibernando. En particular las tres más recientes me dejan sin habla. Son fotos de la semana pasada, una fue tomada en Memphis, Tennessee, otra en Auburn, Alabama, y la más reciente en Naples, Florida. Y en las tres, clara e inconfundiblemente, con la actitud de quien está haciendo una pregunta, se ve a Lea acercándose a la novia en dos y al cortejo en la otra.

AQUÍ NO ENCONTRARÁS

A WEEPING SALLY

Cuando salí en busca de Weeping Sally comencé por los pies de la Michigan; llegué al frijol y regresé por los jardines hacia la fuente; por el borde del lago llegué a Navy Pier; seguí a la playa y en Fullerton fui al Lincoln Park; en la North tomé el autobús de la Clark; caminé un par de cuadras hasta la Magnificent Mile y la recorrí completa hasta llegar al puente; por Wacker bordeé el río hasta Union Station; la busqué en cada parque, en cada playa, en cada muelle, en cada plaza, en cada monumento, en cada puente, en cada jardín y en cada jardinera; la busqué interrumpiendo a los fotógrafos, importunando a las novias, ignorando los insultos, atravesándome delante de las cámaras, tomando yo misma las fotos; la busqué por horas, por días, por semanas, por meses y ya puedo celebrar aniversarios de mi búsqueda sin ningún resultado; la busqué, la busco, sigo buscándola aunque estoy segura de que no la voy a encontrar; no la voy a encontrar porque ahora soy yo la perdida.

Cuando salí en busca de Weeping Sally comencé a paso seguro, tranquilo; comencé confiada, sin preocupaciones; comencé tomando notas y con la cámara colgada al cuello; comencé con mucha energía y muy concentrada, pero las energías fueron abandonándome poco a poco; comencé a ver las mismas caras en las mismas esquinas; comencé a sentir el interés en las miradas de vuelta; comencé a escuchar pasos acercándose; comencé a voltear hacia atrás, a mirar por encima del hombro, a ponerme las tiras del bolso cruzadas sobre el pecho; comencé a quedarme sin aliento y a sentir el corazón acelerándose; comencé a pensar que todo esto había sido un error, una estupidez; comencé a echarme la culpa, a cuestionar mis decisiones, mi sensatez; y aunque sé que no hice nada salvo tomarme demasiado en serio una historia que me contaron, no hago sino preguntarme qué habría pasado si hubiera decidido caminar por otras calles, a otras horas, con otra rutina, si hubiera decidido contar otra historia.

Si me viste cuando salí a buscar a Weeping Sally; si me viste cuando pasé por los pies de la Michigan; si me viste en el frijol o por los jardines camino a la fuente; si me viste caminando al borde del lago hasta Navy Pier; si me viste en la playa y en Fullerton yendo al Lincoln Park;

si me viste en la North tomando el autobús de la Clark; si me viste recorrer la Magnificent Mile hasta llegar al puente; si me viste por Wacker bordeando el río hasta Union; si me viste en algún parque, en alguna playa, en algún muelle, en alguna plaza, en algún monumento, en algún puente, en algún jardín o en alguna jardinera; si me viste, espero que te acuerdes de mí, que puedas describirme; espero que tal vez me hayas tomado una foto; espero que puedas decir mi nombre, Lea Suárez, que otros no lo dijeron o lo dijeron demasiado tarde o lo dijeron confundiendo fechas, lugares e historias; espero que no te confundas tú también, aquí en estas calles no encontrarás a Weeping Sally, pero si te fijas bien, si te concentras bien y aguzas la mirada, quizás me encuentres a mí. Ojalá.

AGRADECIMIENTOS

Esta historia tiene un origen muy preciso: la llamada que Rafael Franco Steeves me hizo para invitarme a participar en su proyecto de autores perdidos de Chicago. El 2 de febrero de 2016 le envié un correo electrónico contándole la idea que tenía para el proyecto; mucha agua pasó bajo esos puentes, pero en el párrafo que le escribí está claramente lo que se convirtió en *Aquí no encontrarás a Weeping Sally*. Sin la llamada de Rafa no existiría esta historia.

Y sin Chicago tampoco, por supuesto, que las historias dentro de la historia serían otras si yo no hubiera compartido en la revista *contratiempo* con gente tan estimulante como Fernando Olszanski, Moira Pujols, Gerardo Cárdenas,

Febronio Zatarain, Marcopolo Soto, Rey Andújar, Stephanie Manriquez, Jochy Herrera, Esmeralda M. Guerrero, Nacho Guevara y el mismo Rafa.

Chicago son afectos entrañables, no puedo pensar en la ciudad sin recordar los maravillosos momentos vividos junto a Olivia y que Paula nació en la ciudad.

Tampoco existe Chicago sin Carla, Gabriel, Daniel y Vanessa.

Grandes amigos me dejó la ciudad, Luis Contreras—ojalá por fin el cangrejo te haya dejado en paz—, Julio Rangel, Susana Galilea, Daniel Parra, Natalia Roncancio y Carlos Gio Matallana.

A Julio siempre le he quedado debiendo horas de atenta lectura y a Gio sus ideas y diseños. Horas de lectura también le debo a Dainerys Machado Vento, que además le dio la primera gran oportunidad a *Aquí no encontrarás a Weeping Sally* publicando un fragmento en el número de la revista *Desmadres* que tuvo a su cargo.

Esta historia, está muy claro, le pertenece a Chicago, pero la llamada de Rafa la contesté en Miami y escribir es un acto social, el resultado de este libro habría sido otro si no hubiera encontrado en esta ciudad una comunidad creativa tan activa en la que incluyo a Kelly Martínez Grandal, Douglas Gómez Barrueta, Hernán Vera Álvarez, Lizette Espinosa, César Segovia, Claudia Noguera, Pedro Medina

León, Gastón Virkel, Mariela Gal, Sergio Andricain, Omar Villasana, Camilo Pino, Mauricio Rodríguez Pons y la propia Dainerys.

Pero esta historia va mucho más atrás y debo darle las gracias también a Manuel Guzmán y Rodolfo Porras, que desde la revista Letras ayudaron sin saberlo a concebir un texto muchos años después de que nos perdiéramos totalmente la pista.

De nuevo gracias a Fernando Olszanski por mantener las puertas de Ars Communis siempre abiertas.

Y gracias eternas a mi mamá y mi papá, presencia, apoyo y ejemplo permanentes.